独木桥自横

王小骞 / 著

长江出版传媒 | 长江文艺出版社

北京长江新世纪文化传媒有限公司
www.cjxinshiji.com
出品

左图是我，右图是女儿早早的童年照，她让我时时看到多年前那个倔强的小女孩。

1. 王小骞的“骞”字，有“高举、高飞”之意，在这个光环下我一路优秀到高中。
2. 初中时，我成为青岛电视台《明天》节目的小主持人。
3. 曾经为广院电视系的同学拍摄影作业当模特。
4. 分入央视的最初半年，我在济南钢铁厂进行基层锻炼。

1	2
3	4

大学时，我独立主持了两期《东芝动物乐园》后就退出了。我想，我的日子还是慢慢往前走吧。

从2000年起开始主持全新的《为您服务》栏目。

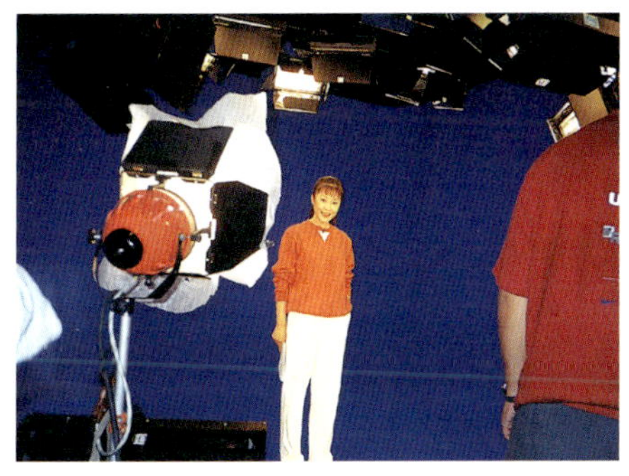

第一次尝试虚拟演播室技术，一段主持词我需要在背景前录四遍（远景、中景、近景、特写）以上才能达到后期效果。

和郎永淳同年进央视，在济南钢铁厂进行基层锻炼期间，为工人主持集体婚礼。我也憧憬着属于自己的婚礼。

毕业三年后，我和谭江海裸婚，但同事还是给我们主持了一场小小“婚礼”。

当主持人，经常一小时内穿越古今，光鲜背后，亦有难言之苦。

我和谭江海在我们租住的第一个房子里用花布和免费冲洗的照片“交换空间”。

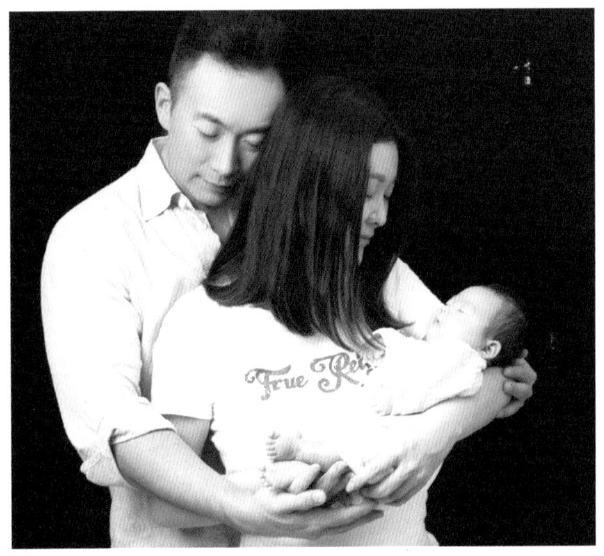

我们仨。

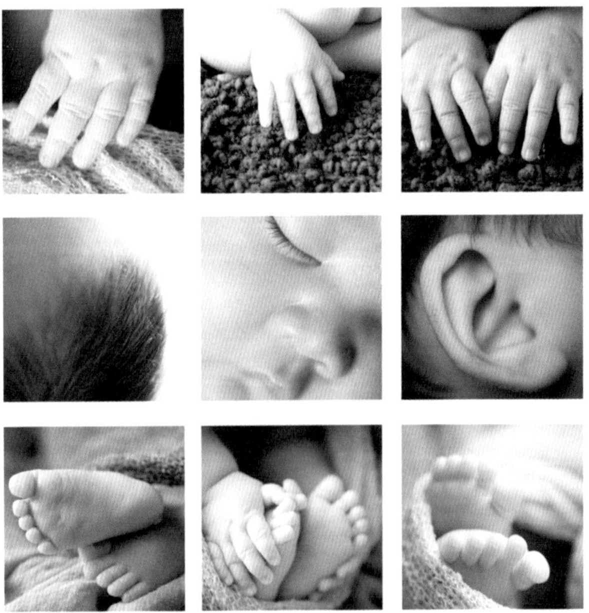

每朵花都有绽放的权利，女儿早早的初绽，也是我人生的盛放。

目　录

CONTENTS

谁不曾苟且

人生必修课

自　序

曾经看过日本电影大师黑泽明的自传《蛤蟆的油》。

日本民间流传着这样一个故事：在深山里，有一种特别的蛤蟆，它和同类相比不仅外表更丑，而且还多长了几条腿。人们抓到它后，将其放在镜前或玻璃箱内，蛤蟆一看到自己丑陋不堪的真面目，就不禁吓出一身油，这种油是民间用来治疗烧伤烫伤的珍贵药材。大师用这种蛤蟆隐喻自己，时常会将眼光投向自身，正面的或不堪的，在自省和反观中试图找到真实的自己。

黑泽明智慧而谦逊，在自省中与最接近真实的自己相遇，为未来的前行汲取内心的力量，令我感佩。我，无法望大师之项背，但也有意找到自我并成为更好的自己。于是，便有了在书写中追问的想法。

巧合的是，正当我在心里盘算着何时动笔以及从哪里说起的时候，长江文艺出版社找到了我，不能不说心有灵犀——正确的时间正确的事件，是巧合也是缘分。

不巧的是，今年上半年，我过着“声色犬马”的生活——无规律地暴走于演播室、外景地、办公室、早教课堂和儿童医院之间。先生出差长达数月，我不得不独自支撑家里家外，工作加带娃，更是让这“声色”升级。自从有了宝宝，对“犬马”也颇有心得。我时常在与她的游戏中学牛叫学狗爬；吐舌狂喘，告诉她这是狗狗在利用舌头散热；趴伏在地扮大马，等她跨上我的后背嘎嗒嘎嗒扬鞭大笑。其实，当牛做马并非一定悲情，照顾幼子理所应当，非但不是对孩子的恩惠，自己也可沉醉其中，效犬马之力仍乐此不疲。

出版社约书稿时，也正是我独自研发如何让“声色”更响亮浓烈、让“犬马”更生动有趣之时，正中下怀又未免心下一沉——可能吗？在满满当当的日程里再加上写一本书？但几乎未加思索就下了结论——可能且必须。宝宝在一天天长大，当她开始寻找心中的偶像时，作为母亲，不能只有柴米油盐的照料或扮牛马学犬吠的游戏，我该是她更多方面可参照的榜样，关于勤奋，关于踏实。

事实证明，我的想法是正确的。在撰写书稿时，正在向两岁迈进的女儿早早很乖巧，阿姨带她外出散步，别人问她：“你妈妈呢？”她忽闪着长睫毛认真地回答：“在写字呢。”

写字，在“声色犬马”的碎片化的安宁中，是一件很享受的事；守护天真的早早，照见并剖析自己成长的源头，又是件有点残酷的事——所以蛤蟆的油才可贵。如史铁生老师所言：“我经由光阴，经由山水，经由乡村和城市，同样我也经由别人，经由一切他者以及由之引生的思绪和梦想而走成了我。”回望那些与我擦肩而过的，不再纠结；正视那些雕琢我、塑造我、锤炼我、融入我的，无论巨细，也无论当时的悲喜。因为它们成为了我。

1

独 木 桥 自 横

一个人的内在驱动力是解题的最好公式，
它可以帮你逢山开路，遇水架桥。

机会也垂青没有退路的人

1992年的夏天，我考上了当时心心念念的北京广播学院（简称“广院”，现中国传媒大学）播音系，离开家乡青岛，开始了在广院的学习生活。毕业后去央视？当时的我根本就没想过。

很多媒体采访我时，几乎都会问同一个问题：“您是不是从小就立志做电视主持人，才报考广院？”我每次都会诚实地回答：“不是。”考广院真正的原因是广院播音系招生不计考生高考数学成绩，给偏科的我开了绿灯。

高一时，我进入一半是海水一半是火焰的两重天地。文科，火焰般热烈温暖；理科，海水般又苦又咸，我总是呛水，呛一口半天缓不过劲儿来。有几次公布完数理化考试分数的时候，我真的想跳海了，没脸活下去了——我不是随口乱说的，青岛二中的地理位置是跳海的绝佳之处，推开教室的窗户就是海。幸好还有文科，亲爱的英语、温暖的语文、慈祥的历史、笑眯眯的政治，关键是那些名列前茅闪闪亮的考分，让我确认，一定要活下去，活着上高二！

真的想不通，初中数理化我都学得不错呀，否则也不可能考上本校的高中部，要知道青岛二中可是响当当的省重点，是青岛当之无愧的最好的中学，在全国也是排得上的。前段时间看到一个2015年全国高中排名，我的母校青岛二中名列前五十，深以为傲。在我上中学的时候，只要考上二中的高中部就等于一只脚跨入了大学，说得再不谦虚一点，就等于进了上大学的保险箱。可初中成绩优异的我，为什么上了高中，数理化就一败涂地了呢？

比如数学，我开始听不懂了。越听不懂越着急，越着急越听不懂。当期中考试那干巴巴的写着24分的试卷放在面前的时候，我已经想爬窗台推窗户了。能不想跳海吗？一个一直以来的优等生，考了24分？24分？！可一想到自己会游泳，水性还不错，又作罢——没死成，再让暗礁给我整残疾了，岂不是更糟糕？就这样纠结着，苟活下来。打那儿开始，我不仅放弃了跳海，也放弃了数学。

最近回青岛，见到了高一时的老师，聊起我当年的窘状，老师意味深长地说了一段话，醍醐灌顶：“当时有一个心照不宣的做法，就是教学上加快进度、考试上提高难度，目的是杀杀学生的锐气。因为很多考上二中高中部的学生难免翘起骄傲的小尾巴，觉得自己学习好得不行不行的，所以老师用心理战给大家一个下马威，学海无涯，孩儿们别得意太早。不过，对有的学生来说，由于刺激太大而一蹶不振。”请允许我去墙角死去活来地哭一场吧！我就是那“有的学生”中的一个！

再比如物理。我这个语文“学霸”在看物理题的时候，甚至会笑出来。我清楚地记得曾经有这么一道题，说，有一只苍蝇在青岛开往北京的火车车厢里一直飞，青岛至北京 800 公里，问这只苍蝇是自己飞了 800 公里吗？为什么？我这天生的文科生的脑子里立刻出现了一只嗡嗡作响的苍蝇，在绿皮火车车厢里不停飞舞的画面。它就不知道落在某个乘客的脑袋上歇会儿吗？落窗玻璃上歇会儿也行呀！各位看官，您可能已经明白为什么我学不好数理化了，就这荒诞的思路，就这死不开窍的榆木脑袋，学得好数理化才是天下奇闻！在我眼里，这道题简直就是相声或者小品片段。苍蝇究竟是不是自己飞了 800 公里，我解释不出原因，要运用牛顿第一二三定律中的哪个呢？算了，也放弃吧。

在这里，我要郑重地向我的高中物理老师道歉。这位老师是牟德经老师，教我的时候，他四十岁出头，男中音偏低（从小我就对别人的声音很留意，后来学了播音，是天意吗），笑容温厚，儒雅和气，总让人如沐春风。高一的新年班会，牟老师来到我们班，用他浑厚圆润的男中音为我们唱了俄语版的《莫斯科郊外的晚上》，全班同学，尤其是女生如痴如醉。正陶醉的时候，话筒坏了。牟老师当下拆了话筒，三下两下就修好了，又重新唱了一遍。全班掌声雷动，好崇拜啊，声音那么好听，还会说俄语，竟然还会修话筒！“就是褪层皮也要把物理学好！”我暗下决心。新年后不久就是大考，考了 59 分，比 24 分好得多，但都是不及格！请允许我再去墙角痛哭一会儿。这一次，第一时间我想到的不是跳海，而是对牟老师深深的歉意。对不起，老师，您的课讲得那么好，可是我却考得这么差！我太笨了！我的同桌张珊同学看我脸一阵红一阵白的样子，悄悄给我出主意：“你去找牟老师给你加一分，步骤分加一分，你就及格了，牟老师肯定帮你加。”也许她说得对，牟老师一向温和宽厚，一分应该会给我加上的，可是，我没去，没脸去！假如时光倒流，我保证，不再用荒唐的想法解读严肃的物理题；假如时光倒流，我会更加努力去学牟老师的物理课。当年，拖了全班物理大考的后腿，牟老师，我真心地道歉，对不起！

就不再说化学了，说多了全是眼泪。有一个计量单位，老师说叫“摩尔”，我心想那不是一种细细的女士香烟吗，打那以后，就再没听懂过了。

总括来说，高一那一年我度日如年，365 天等于 365 年，就想快点到高二，到高二就分班了，去文科班就不用受这洋罪了。可是，文科生也要学数学呀。我在心里冷冷一笑：“哼哼，数学，你等着，我用别的办法‘收拾’你。”

高二的我心里很清楚，自己和北京的普通综合大学之间隔着一堵墙，那堵墙的名字叫作“数学”。对于文科生来说，数学和英语是长分或失分最关键的两门功课。英语成绩我毫不担心，从初中开始就找各种机会听说读写，每个周末上午都会去青岛栈桥的英语角，跟聚集在那里的英文爱好者狂练口语，有时遇到母语是英语的外国人，聊得更欢畅。我还去成人夜校学英语，没有人要求我，完全出于兴趣，当然也有乐趣——好成绩带来的成就感，标准的发音、流畅的对话带来的交流愉悦感都让我着迷。可是，致命的数学于我，一直是场噩梦。

当我跌跌撞撞地鏖战数学，无数次暗自思考出路却一筹莫展时，我的福星——大海哥出现了。

大海哥跟我是“老相识”，年级比我高两届。小学时，他在江苏路小学，我在定陶路小学。青岛市少先队召开过一次少先队员代表大会，同是大队长的我们也同是那届少代会的执行主席。当时的我读四年级，这是我这辈子当过的最大的官儿了。和大海哥相识和相熟，都在那届少代会。后来，我们先后考上了青岛最好的中学——二中。中学时代，大海哥在电视台参加了很多活动，最有名的是拍了一套世界语的教学片，在其中扮演了重要角色，一时间风头无两，顺理成章地被北京广播学院播音系录取。

那时我正值高二暑假。他问我想报什么志愿，我心虚地说：“不知道，我数学太差了。”大海哥狡黠一笑：“播音系不看数学分。”

啊？你说什么？ What are you 弄啥嘞？顷刻间，只觉春雷炸

披荆斩棘考进广院的我，终于可以换上气定神闲的表情了。

响，烈火烹油，繁花似锦，血脉偾张……高中期间所有对未来的迷茫和困惑都在那一瞬间消散殆尽！我反复和大海哥确认这个天大的好消息，相信他不是在安慰我，才定下神来，这……这……这录取标准简直就是为我特设的呀！

因为：首先，广院播音系不计数学分数，多么体恤偏科生的苦衷！简直堪称伟大；其次，除数学外，我其他各门成绩都不错，过录取线没任何问题；最后，当时我已经有了一年多在电视台当主持人的经历和经验，专业考试有优势。这三点顿时秒杀我高中时暗无天日的忧愁。欣喜激动已按捺不住，生命终于照进阳光和希望。我下定决心：必须考广院，也只能考广院。

从大海哥家出来，我几乎是飞回家的。什么叫绝处逢生？什么叫船到桥头自然直？这就是最好的诠释。人们常说机会是留给有准备的人的，其实，机会也垂青没有退路的人。因为做好奋起的准备而身陷孤绝，没有理由不赐一个柳暗花明的机会，如果转机仍没出现，那就是还有其他退路。

我考广院可以说是机缘巧合，也可以说是命中注定。广院已经向我递出了橄榄枝，我就必须义无反顾走上通往广院的独木桥。

想象很骨感，现实太丰满

高三寒假，福星大海哥向我传达重要指示：必须在开学后去一趟广院。不了解招生细节，不拿到招生章程，什么都不知道你怎么考专业课？

说得对，北上，赶考！

当时我们高三（五）班的同学听说我的决定后，集体去火车站送我，以此声援我提前进入高考状态，同时也希望我能带回好消息来提振大家的士气。月台上，颇为壮观，我甚至感到一丝壮烈，瞬间觉得我不是一个人在战斗，我带着全班同学的嘱托，此一去，只许成功不许失败的豪迈情怀澎湃于胸。班长王海滨意味深长地嘱咐我路上小心，在班里坐在我前排的孙友方同学在车厢里把我托付给邻座的一位看上去文质彬彬的男乘客，他悄悄告诉我："那个人的底细我摸清了，是天津大学的老师，没问题。"孙友方现供职于青岛市公安局，高中时就善于"摸底"，现在绝对是个好警察叔叔。

到了广院一问，烧鸡大窝脖，招生简章还要等将近一个月才发，专业考试最早也要一个半月后才开始。这段时间如果留在北京等，实在太浪费时间，也耽误功课。两天后，我无功而返。

但那一趟"壮士之行"也让我颇有收获：我了解了广院播音系专业考试的大体内容及备考方向。

广院播音系的专业考试很严谨，初试要考查随机稿件和自备稿件的播音：随机稿件就是从一大堆稿件中抽取一份马上念给主考老师听，通常是新闻；自备稿件是考生提前准备好的，可以是散文、寓言故事，朗读时间在一分半以内即可。初试考查的是考生的基本专业素质：吐字清楚吗？声音条件可以吗？有浓重的不易改掉的口音吗？初试通过则进入复试。

复试是口试，包括自我介绍和口头表达，有难度的是口头表达。考生现场抽一个命题，准备两三分钟后开始对命题中的论点加以论证，这考查的是考生的逻辑思维能力以及临场应变能力。复试通过就可以进入三试。

三试是录像，考查考生面对镜头的反应，当然也包括考生是否上镜。

印象之初的广院校园，是女生宿舍前的望春亭、精致玲珑的核桃林和一排排整齐的白杨树，还有就是播音系的师哥个个气宇轩昂、声如洪钟，师姐个个高傲又得体。他们是怎么做到的啊？只那一趟，就让我爱上了广院，让我下定决心考入这里，成为其中的一员，有那么一天，我会自豪地称她为——我的母校。

回到青岛，我开始认真备考专业，我找到青岛人民广播电台的刘鹏老师，让他指导我吐字发声、气息共鸣。真正接触到专业领域我才知道，原来说话有这么多学问。每天读报纸，训练断句、重音，一丝不苟。翻看各种书籍杂志，最后选择了一篇平实深情的散文《妈妈喜欢吃鱼头》作为自备稿件，反复练习。我能准备的似乎就这么多了。口头表达环节，谁也不知道会抽到一个什么命题，只能寄希望于这些年的阅读、写作和语文学习的功底了。初中时我的作文曾被作为范文刊登在北京师范大学出版社的《中学生文苑》上，拿到人生第一笔稿酬——24 元。从那以后我认定语文是我的强项，从未懈怠。录像考试只能寄希望于在《明天》一年多的经验了。

说起与《明天》的缘分，还要从初二开始。校团委赵殿茹老师通知我去参加一个考试。去了才知道，是青岛电视台社教部要为即将开播的中学生节目《明天》选拔主持人。节目主创人员明确立意不用成年人，而是要选出真正的中学生来做主持人。现在想想，在 20 世纪 80 年代这真的是一大创新。

按照赵老师通知的时间来到位于信号山的青岛电视台社教部，一看，嗬，足足有一百多跟我年纪相仿的候选者，全部都是各市重点、省重点中学推荐来的，其中有不少是学校品学兼优的风云人物。我溜边儿坐下，听候指令。

选拔极其正规，先笔试筛掉一多半，再面试考查口头表达能力。这次选拔先后进行了三次，时间足有半个月。然后，就没有消息了。我一点也没有抱希望，完全是抱着完成赵老师分配的任务的态度去的。你想啊，那么多厉害的角色悉数到场，能有我什么事？再说，我马上就要升入初三，要考高中了，我想考的可是本校的高中部，青岛二中啊。

就在我已经忘了这件事的时候，赵老师告诉我，我被选上了，而且只有两个女生被选上，电视台让我去录像。这还真是出乎意料，窃喜之余我权衡了一下，回复赵老师我去不了，我要考高中，不能分心。回想起来，15 岁的我还真是有主见，能完全靠自己把握事情的轻重缓急；我也真是够转（zhuǎi）的，居然拒绝了电视台的垂青和邀约。我仔细回忆当时的心情，遗憾绝对是有的。直到我如愿以偿，考上了本校的高中部，才深深舒了一口气。

没想到高一开学半个月后，赵老师又把我叫去了，通知我去

初中夏令营时同学们的合影，第一排中间的满月大脸女生就是我。

电视台录像，问我愿意吗，我心想，您把“吗”去掉好吗？我当、当、当然愿意了！真真的没想到，隔了这么久，电视台的老师还记得并关注我，知道我考上了二中的高中部，并不计前嫌再次伸出橄榄枝。我，一张满月大脸的小女生，何德何能？莫非是祖坟风水太好冒了大烟？

我乐颠颠地又去了信号山，接待我的是《明天》节目的负责人徐军老师，见面就对我说：“你真行啊！来了就好。”前半句话不知道是对我中考成绩的肯定，还是对我拒绝电视台的感叹，我没敢接话，乖巧地听候他的安排。

十六岁，第一次上电视，那效果，终生难忘。

两个中学生，两个生瓜蛋，还男女对播。那时候的电视台不像现在，那时候服装化妆都是自理的。我特意选了自己最红的一件衣服，是一件乔其纱的上衣，领口飞满了同材质的荷叶边儿。发型就是平常梳的大马尾，把银盘般的大圆脸显露无遗。化妆我就更不懂了，没人懂，那时组里最水灵最漂亮的老师代劳，给我扑了两坨大红脸蛋儿，抹了大红嘴唇，喜庆！兴高采烈的，第一次，录制结束了。

掰着手指头等播出的日子，端坐在电视机前，《明天》的片头结束，电视上出现的景象把我惊呆了。

您见过杨柳青的年画吗？见过年画中的大阿福吗？就是那个抱着条大鲤鱼的红脸蛋儿的大娃娃。我的样子神似大阿福却不如人阿福。十六岁小姑娘的脸都很饱满，一脸的胶原蛋白像要挣破皮肤跳将出来，两个大红脸蛋胀鼓鼓的，呈现出猴屁股的形态，大红的乔其纱荷叶边儿为“猴屁股”推波助澜，大红嘴唇儿到底在说些什么我根本听不进去，只想找个地缝钻进去避避风头。

第一次出镜让我深受打击，直到我进入央视，直到我深入了解了电视行业，我才知道，电视的横向扫描技术就是会把人变宽，电视上的人普遍比真人大一号。近几年的电视机又出了 16：9 的比例，真是要把人逼死了，想出镜好看就只能变瘦再变瘦，这便是“巴掌脸”才上镜的缘故了。十六岁青春期的我至少也是“两巴掌脸”呀。当年由于我紧束的头发，位置不对的腮红，以及当时并不讲究的灯光，更是扩大了我的脸形。太沮丧了，怎么会不沮丧呢？给我抱上条鱼我就可以当年画儿了，想象中的青春美少女呢？想象中的二中才女弱柳扶风呢？有句话怎么说的来着，想象很丰满，现实很骨感。不对，这分明是想象很骨感，现实太丰满。

好在当时没有人苛求一个中学生要有多么精彩的初次荧屏表现。再说，看电视里的自己会觉得不自在是在很多人的身上都有的现象，直到现在，还有很多专业主持人不敢看自己的节目，可能都是缘于对自己太过挑剔吧。

就这样，一期两期三期，我一直录着《明天》。当然，我不再画着大红脸蛋，我换上了清新简洁的衬衣，我开始适当少吃点米饭……

至少我们曾握紧未来

大海哥从前方又传来消息，新生专业课考试即将开始，来吧。

再一次，只身一人，踏上飞快的列车，真的赶考了。

初试，在研究生楼一层的教室里，主考官是李刚老师。窗外的核桃林遮住了教室的窗户，屋里很暗。李刚老师背光坐在桌子后面，不苟言笑。我也算是见过“大场面”的，可进了考场还会手心冒汗，有点哆嗦。随机稿件完成，自备稿件连一半都没读完李老师就叫停了。稀里糊涂地从考场出来，大海哥问我怎么样，我支支吾吾不知如何作答。心里七上八下等了两天，初试发榜，榜上有我，太幸运了！

有了初试的体验，心里有点底了。复试在播音小楼，考官变成了一大排，端坐在中央的是一位头发全白的老者，声音既嘹亮又浑厚，底气十足，完全没有年龄感。他就是时任播音系主任的张颂老师。抽到个什么命题，如今早就忘记了，好像是与中国近代史有关。那可真是太好了，我这个文科生除了语文和英语，历史学得也还行。

复试发榜大概要等一星期。那几天，徘徊在广院的校园里，我开始胡思乱想起来。会不会没有考过啊？来参考的学生，男生个个俊朗帅气，女生个个唇红齿白，听说还有播音世家子弟，你一个青岛来的柴火妞儿，能跟人家竞争吗？

初试时，一切都陌生，考试压力大，但两天就发榜了，等待压力小；复试时，心里有了点底，考试压力小，可发榜要等一周，等待压力剧增。这还真是能量守恒啊，想到这个物理专用名词，我这个理科学渣哑然失笑。罢了，别为难自己了，埋头等吧。

一周后，榜上有名，那个激动啊。此时榜单已从复试时的好几张大红纸变成了一张半，剩下的考生越来越少了。

我考广院播音系的时候，录取率大约是千分之二。广院在全国有很多考点，山东作为北方语系大省，考点在济南。但我没有参加济南的考试，而是直接来广院考（这是允许的），对这番舍近求远，我想最直接的理由就是我对广院有一种天然的信任感和亲切感，我相信本院的专业考试应该是公平的。如果在外设的考点考，我有点怕，怕地方上的操作变形，怕自己被“黑”掉。也许我这纯粹是以小人之心度君子之腹。性格使然，我这个人从小心思重。

三试要上镜，我的优势立刻就呈现出来了。有的考生晕镜，私下说话条理清晰、口齿伶俐，一开机，语无伦次、结结巴巴，用相声行的话说就是“祖师爷没赏这碗饭吃”。虽然我在青岛电视台的《明天》首秀不尽如人意，但是我不晕镜。再加上一年多的历练，我可以流畅、准确地在镜头前表现。当然，去除了大红脸蛋儿、大红嘴唇、大红荷叶边儿之后形象也正常多了，等待复试发榜的煎熬

高中时过生日与同学合影留念，如今回看，我竟是标准的“主播头”。

和焦虑也让我瘦了一圈儿，上镜正好。

三试后就可以回家了，老师们要对复试和三试的表现进行综合评定，同时要对全国所有考点的情况进行汇总。如果五一前后我能接到专业录取通知书，那么我就有资格报考北京广播学院播音系。当时距离五一还有将近两个月。

又踏上飞快的列车——其实一点也不快，那时最快的火车叫特快列车，跟今天的高铁比起来就是特慢列车了。绿皮、无空调、硬座，北京至青岛十四个小时，要在车上消磨不是一个白天就是一个整宿。

回到青岛二中，同学们纷纷来打听："怎么样？考得怎么样？"我只能用同样的问句作为回答："还……可以？"没拿到专业录取通知书而过早地下结论是不对的。我能做的，只有再一次埋头苦等。

五一前后，前后，模糊概念。前几天？后几天？这一前一后就一个星期十天半个月了。从四月底我就每天去传达室问有没有我的挂号信，后来一天去两次，再后来除了早上上学和晚上放学，中午午休时也要去一趟，像吃药一样早中晚一天三次。五一过去了，传达室的大爷和我之间已然形成默契，哪怕是上体育课去校外跑圈路过传达室，只要我和大爷四目相对，他就会无声地冲我摇摇头，眼睛下的苹果肌上提，嘴巴一撇，一副无奈又无辜的样子。

如果说我全凭自信心在支撑着，那么我的自信心也只够支撑到五一了。五一之后，我的自信心已经全数移交给了危机感，我感觉大事不妙。同学们也不再问我通知书的事，甚至避免与我长时间对话，大家都兀自埋头苦读。我知道，大家是不想刺激到我，不想在我的伤口上撒盐。数学这块心病这堵高墙又结结实实地出现在我的面前，无法自愈无法翻越。一直到前几年我还会做关于高考的梦，数学卷子一发下来，梦里的我不是一身大汗就是被吓醒。难道我要与“天造地设”的播音专业擦肩而过了吗？难道北京广播学院播音系我无缘报考了吗？

直到五月中旬，五月中旬！大爷从传达室的窗口看到我——大概他从拿到那封挂号信就一直守在那里等待我的出现，他半个身子探出来，右手扶着窗框，左手高高地扬起一个白色的信封，摇晃着，对我喊：“王小骞，信！信！”

来了，你终于还是来了。白色的信封，右下角是“北京广播学院”的大红色的美术字。

我分明看见，数学高墙在我面前轰然倒塌；我分明看见，慢吞吞的绿皮车驶向站台，我在月台上背起行囊，整装待发；我分明看见，广院校园里那一排排年轻的白杨已微微颔首迎接我的到来。如果问备战和等待，哪种状态更煎熬，也许所有经历过的人都会异口同声地说，是等待。备战时，你的梦想是一个整数，而战后的等待，却让你面对成为分母或分子的两种可能。没有退路的我，必须要做广院招生计划里的千分之二，等待就变得更漫长。

有人说高考残酷，有人说高考公平，也有人认为高考的存在抹杀了中国青少年的个性。面对这个至少在目前来说仍是行之有效的选拔人才的制度，我想，更重要的是，我们曾在青春时为梦想吃过苦，懂得了等待的滋味，握紧过未来。

我以为从那以后的高考之路就会一路坦途，无比顺利。可是，怎么可能呢？

理想总是谢了又开

自从接到北京广播学院播音系寄来的专业录取通知书，高三的我就开始狂玩儿。数学，我所痛恨的高中数学，让我怎么“发送”你呢？简单粗暴，我把数学书全扔了。艺术类专业招收的文科生，数学不计入高考成绩。这是否说明艺术类人才在数理化方面都不灵？这是否有科学依据不得而知，但我对做此规定的人是感激极了，这简直就是中国第五大发明！为此，我恨不得献上双膝和脑门，行三拜九叩大礼。

数学课上，全班同学都在聚精会神地做题，只有我在看小说，简直太刺激了！不只是数学课如此，历史、地理、政治、英语这些课上，我也时常有一搭无一搭地听一听，不甚用功。自负的我认为，以我的成绩，考个艺术类专业应该没有问题。我提前到来的一松到底状态让同学很不适应，也很是担忧。

终于有一天，孙友方同学忍不住了，他推心置腹地对我说："王小骞，你稍微复习复习吧，还有两个月才考试，你就这样一直玩儿下去，万一有人文化课成绩比你高，专业课也通过了，那你到时候怎么办？"他觉得语气还不够重，又补了句："找谁哭去？"他说得有道理，我附条件地接受了——其他课多少收收心，但数学课必须看小说。高一高二和数学的过招中屡屡溃败，我心里已经有了计算不出面积的巨大阴影，甚至创伤。悬在头上的这把利刃终于被摘掉了，我的报复心理病态地集中发酵并发作。没错，重压到尘埃没顶后压力骤然抽离的病态。似乎只有在高三冲刺期的数学课上看小说，才能在与数学的较量中扳回一局，才算真正的了断。至于其他课，无仇无怨的，正常复习，全无问题。

高考如约而至。盛夏的青岛很炎热，坐在数学考场里，我有些烦躁——有规定，数学成绩不计入艺术类考生的总成绩；亦有规定，考生必须进入数学考场，考试计时开始后 40 分钟内不得离开考场。我想这是对高考制度的尊重吧，也不排除给我这样的数学学渣一个向伟大数学致敬的最后机会。

窗外的知了"吱——吱——"个没完没了。干坐 40 分钟实在有些难熬，不如就做几道题吧，数学题一定可以防暑降温。我心里嘀咕着，拿起 2B 铅笔，会哪个填哪个，不会哪个蒙哪个，开始应战。我心里的小嘀咕不是没有缘由的，高中的前两年，哪次数学考试手不是冰凉冰凉的？心不是哇凉哇凉的？高中的数学之于我，又何止是防暑降温？

40分钟不知不觉就过去了，我把选择题都做完了，甚至还做了一道立体几何大题——立体几何，初中二年级学的，那时我还是数学爱好者，学得不错。我一直没弄明白，为什么我初中每门成绩都好，怎么到了高中，数理化就一败涂地了呢？是教材跨度过大？还是我的脑子在初三的那个暑假发生了什么我不记得的意外？

我站起来，示意老师交卷。同考场的考生用看外星人的表情匆匆瞥我一眼，估计心里在说：这个小嫚儿不过了？（小嫚儿是青岛话中对女孩儿的统称。）

我走出考场，所有守在那里的各校数学老师一哄而上，将我团团围住，问："难不难？"一时之间，我竟不知如何回答，因为，我——真——不——知——道！我已经好几个月没有做过数学题了，我判断不了题目的难易程度。好在我当时已经有了两年多做小主持人的经验，遂微笑着说："还行，还行。"然后，低头快步冲出老师们的包围圈。

终于等到了公布成绩的日子。那时候没有网络查分，都是返校查分。我们那一届高三毕业生比较多，所以查分点有好几处，我被安排在学校的传达室，发成绩单的是我的语文老师。考生们排着队，她挨个儿分发 张细长得像工资单一样的小纸条，上面列有单科成绩和总分。排到我，老师深深地看了我一眼，并没有给我小纸条，而是先把排在我身后的两个考生的纸条发完，等四下无人，轻轻地咳嗽一声，压低嗓子说："没考好哈。"然后沉痛地递给我成绩单。什么？什么什么什么？没考好？什么意思？

我一把拽过成绩单，低头去看，总成绩 ×××，数学 78，用总成绩减去数学成绩，等于……？

我瘫软了。传达室旁边是青岛二中的校门，我靠着大铁门几乎要坐到地上。远远的，我的好朋友魏珂，正从他的查分点往校门走来，他笑得好灿烂，一定是考得不错。他看到我正靠着铁门往下出溜，赶紧跑过来搀了我一把，问："怎么了？"我无力地把"工资单"递给他。他也用总分减掉触目惊心的数学 78 分，神色随即凝重了。本来，我们以为高中的好朋友可以相聚在北京，现在，完蛋了。停了几秒，魏珂问："你打算怎么办？"是啊，怎么办？怎么办？复读一年还是直接去当待业青年？脑袋被这高考成绩洗刷得一片空白，悔啊！悔不该当初那么自负，上课看小说，不认真复习，咎由自取，自取灭亡！悔不该当初不听孙友方同学的话，瞎嘚瑟，被言中！活该活该活该！

沉浸在无比的悲痛和悔恨中，我一时间感到天旋地转。我，落榜了！肝肠寸断，五内俱焚。魏珂在旁边不知该如何劝慰，又问："你们学校那边能想出什么办法补救吗？"天才！内事不决问张昭，外事不决不要问周瑜，而要问魏珂！他的一句话提醒了我，广院播音系的党总支书记王克瑞老师、主任张颂老师曾经告诉过我，专业前三名的考生，如果语文和英语成绩不错的话，可以考虑特招。我，专业考试全国第三。这一句提醒重新燃起了我的希望，我说："走，去邮局打电话去！"说着就冲出校门，直奔邮局。

那些年，几乎每年都有高三毕业生出事的新闻见诸报端和电视，大多是太放松、大狂欢导致的悲剧，比如爬山迷路或游泳溺水，我也差一点成为此类新闻当事人，不过我不是因为太轻松，而是因为太绝望。去邮局必须经过学校门口的马路，我哪有心思留心过往车流，只是一味地向前冲，一辆汽车贴着我的脚趾呼啸而过，如果不是魏珂从后面死命地拉我一把，我可能早已作古。

九死一生地过了马路，我回光返照般地精神抖擞，脚底生风，只想快点到邮局，拨通那个关键的电话。魏珂叫住了我，说："骞儿，不大对。"

"什么不大对？"

"分儿，你挨科加加？"我从他手里接过"工资单"，挨科口算起来，加到第三科就算不过来了，一团乱麻的脑子加上无法再承受的压力，情急之下，我找了个树坑，捡了根小树棍儿，列起了竖式。

您猜怎么着？"工资单"的数学成绩本来就没有计入总成绩！我的语文老师、魏珂还有我，都以为总成绩里含了数学成绩，所以减掉了那78分，78分的分差，78分的分差啊，亲！

数学成绩之所以依然标注在“工资单”上，是对高考制度的尊重，是对考生参加数学考试并答题的尊重，是对数学学渣向伟大数学致敬的正式而郑重的还礼。

云开雾散，雨过天晴，彩虹呈现，我的妈妈咪呀七舅姥爷，你可真真地要吓死我了。

喂，数学，你还要跟我开多少玩笑？喂，成绩单，你是猴子派来考验我的吗？喂，骞儿，咱们好好的，即将好好地开始一段崭新的人生了……

“少年不识愁滋味，爱上层楼。爱上层楼，为赋新词强说愁。而今识尽愁滋味，欲说还休。欲说还休，却道天凉好个秋。”很喜欢辛弃疾的这首《丑奴儿·书博山道中壁》。不过，少年时代的我并不认同第一句，谁说不识愁？少年有少年的愁，我这个少年愁上加愁。高中一路走来，我状况百出、提心吊胆、愁肠百结。学业上要面对理科的不顺利，生活上要承受单亲家庭的压力，这些负能量一股脑向我压过来，家里没有人帮忙减压，学校里就更是不可能寻得替身。中学时代的我就已了悟，这世界上唯一能依靠的就是自己，无他。生活给你出了一道题，难道你可以不解它吗？能不能解开是一回事，去不去解又是另一回事。不会撒娇的我坚信，一个人的内在驱动力是解题的最好公式，它可以帮你逢山开路，遇水架桥。后来，历经世事，已不会将学业和高考视为人生中多么有壮烈色彩的弯道，我依然笃定地告诉自己："无论什么人，帮你是情分，不帮你是本分。所有的一切，都要接纳。"

有时深夜惊醒，迷迷糊糊之间我总以为我的现状是一场梦，清醒之后又回过味来，知道一切都是现实，无论生活还是学业，都是硬邦邦的现实。理想总是谢了又开，给人打击也给人惊喜。我看到十几岁的自己，躺在并不能称为床、一翻身就会"吱嘎"作响的老沙发上，望着窗外清冷的月牙，给自己打气："改变！靠自己！你可以的！"有什么可顾影自怜的？有什么可悲观沮丧的？没资格，也没工夫。顺着生活设定的轨道，走下去，我相信未来会很灿烂。至于当时的我为什么这么肯定，我不知道，也不想知道。十几岁的少年，多思无益，多说无益，拼就是了……

不过是尽释前嫌

领高考文化课成绩单那天，我算免费坐了一次云霄飞车，七荤八素虚惊一场。

魂魄归位后心里反而更踏实了。你想啊，专业全国第三，文化课考得也不错，还不就等着收到大红烫金的录取通知书去广院报到了嘛。

为了避免等待录取通知书时的焦虑，我决定给播音系的王克瑞老师打个电话，问问通知书什么时候寄出。王克瑞老师时任播音系党总支书记，同时他还是备考期间为我辅导专业的青岛人民广播电台的副台长刘鹏老师的同学，两人都毕业于广院播音系，还是同宿舍的室友。靠刘鹏老师的引荐，我得以认识王老师。王老师特别爱护学生，在校期间他给了我很多提点。

电话拨通了，王老师特有的“哈哈哈”的笑声从听筒里传来，爽朗痛快：“你考得不错，就等着接通知书吧。”我美滋滋地听着。“不过，有一个情况——你可能要做自费就读的准备。”我僵硬在电话这头，用现在的网络语言说，就是“石化”了、“碉堡”了。这大学还能不能愉快地上了？整这么多一波三折是要写剧本吗？天爷爷，我干不了什么大事，不用这么一而再再而三地苦我心志吧？

说说什么是自费生，为什么我听到自费会这么大反应。

当时的大学招生是双轨制，既有公费生也有自费生。成绩优秀的都是公费生，即国家出资培养你，虽然每年要交 400 多元的学费，但每个月还会发给你几十块的生活补助，算下来基本等于免费上大学。自费生当时学费每年 3000 元左右，无生活补助。关键是，通常自费生的成绩都不如公费生。

公费生，在一定程度上是一种实力的象征，是一种荣耀。当然，钱对我来说也是问题，每年 3000 块的学费再加上吃饭、穿衣、公寓住宿费等，数额也不少。我的单亲家庭筹措起来定是捉襟见肘，再说，我本来就是想靠自己的能力、自己的学业使前途海阔天空，怎么瞬间又成了家里的一大包袱、一大累赘了呢？

我心里的怒气一下子就升腾起来。凭什么？凭什么我要自费呢？我专业名列前茅，别人的文化课成绩我虽然不知道，但想来我也不至于垫底吧？（后来入校了才知道是前十名。）

我顾不了那么多了，一句话向王老师生硬地甩过去："为什么？"王老师倒是没有计较我的急赤白脸，而是耐心解释起来："你们山东啊，条件好的生源比较多，可是公费生名额是有限的。山东电视台多次打电话到招生办，说一定要招一个叫谭江海的男生。他们台里太缺男主播了，言辞恳切，点名一定要招这个男生。"点名？好大的阵仗！好大的来头！"今年你们山东有五个考生都通过了专业考试，也都过了文化课录取线，但五个人里四个女生，只有一个男生。咱们学校培养的学生最后都是输送到各电视台，人家山东台这么恳切，咱们学校也得考虑用人单位的意愿呀。"不得不承认王老师说得有道理。"那我怎么办？"一个无助又无效的问题。"你就听天由命吧，要是能从其他省协调出名额当然好，要是协调不出来，那就做自费的准备。"王老师真是一位耐心的老师，都解释清楚了，也没什么可多说的了。

挂断电话，我失神地坐在地上，脑子里一片混沌，只剩下三个大字：谭！江！海！

一波三折，大费周章。高中毕业生，除了听天由命似乎也别无他法。最难消解时，日日听歌打发时间掩盖愁绪。"残雪消融，溪流淙淙，独木桥自横。嫩芽初上落叶松，北国之春天，啊，北国之春天已来临。"我的残雪可会消融？我的嫩芽可会爬上落叶松？

这歌词回味至深处，竟几乎湿了眼眶。

识得愁滋味，只道“独木桥自横”的我，最终收到通知，我以公费生的身份进入了播音系。广院的招生是公允的，没有暗箱操作，没有不公平待遇。那年山东的五位考生悉数录取，学校协调了名额问题，用人心切的山东电视台“委托培养”了谭江海，并没有占用成绩更好的考生的宝贵名额。

从我的考学经历来看，那时候高校的招生环境甚是透明，想上学，只要你有过硬的成绩就不会被人“黑”掉。

终于踏入北京广播学院的大门，闪闪的校徽在胸前发着光。可是，心思重的我一直记着一个人：谭江海。就是那个差点挤掉我公费名额的大派头的谭江海。“长什么样？过两招啊咱？”我小心眼儿地想。

“九二播”第一次班会，同学们挨个上去做自我介绍，其他同学说了什么我几乎都没记住，就一心一意等着那个姓谭的家伙出现。终于，有一个壮壮的男生红着脸走上讲台，说：“我叫谭江海。”我一下挺起身体，坐得笔直，开始全方位地对其进行扫描。目测一米七八，脸通红，上身因紧张而产生了不易察觉的晃动。啊？报上大名怎么没有下文了？全班同学静静地等待着，可下文迟迟未来。他的脸更红了，连耳朵也是红的，饱满的脑门儿沁出汗了，哟哟哟，汗流下来了。有同学开始窃笑，我也在心里暗自发笑，傻了吧？空白了吧？僵这儿了吧？叫你抢我名额，该！正暗自爽着，下文来了：“我喜欢吃肉，我学习不好，以后请大家多多关照。”全班哄堂大笑，谭江海落荒而逃。

这次初见，让我尽释前嫌。这个人并不像我想象的那样牙尖嘴利张牙舞爪，也没有想象中的颐指气使狐假虎威，相反？他紧张中透出的憨厚，情急之下表现出的幽默让我印象深刻。

当年的我怎么会想到，这个人，这个要“抢”我名额的人竟然成了我的初恋，我的老公，我女儿早早的爸爸……

2

曾以刚克刚

这世界很公平，没有什么人会轻而易举地获得，
彩虹不可能挂在天上却省略风雨的洗礼。

不是每个瑕疵都有修正的机会

广院的生活被学业和初恋安排得满满当当。军训犹在眼前，大四悄然已至。央视在播音系毕业生中进行了两次选拔，选出他们认为不错的几个学生进入央视进行毕业实习。这意味着央视对你感兴趣，但并不意味着一定会留下你。被选中已是倍感鼓舞，接下来就要看自己的表现了。承蒙央视厚爱，我在毕业实习生名单上。

我被指派到中央电视台总编室。经过一段时间的打开水、买盒饭、抢着擦桌子扫地之后，开始了编辑工作。

实习机会来之不易，哪容得实习鉴定上有半点差错。但往往绷得最紧的弦最容易出问题。

媒体行业的人都知道开天窗是多大的错误，在电视媒体，如果有人开了天窗，那就是播出事故，将成为职业生涯中一个巨大的瑕疵。能以“瑕疵”定论，已经是最轻的“刑罚”了。假如天窗开得够大，时机够巧，看到那个天窗的人有足够的话语权，那么丢饭碗也不是不可能的。

毕业实习期间，我就差点开天窗，至少是两分钟的天窗，如果噩梦成真，那将是中央电视台历史上最大的天窗，想必我此后也别想再踏进央视门槛半步了。

那时候，总编室每天承担着制作《收视指南》的任务，每天五段收视指南，就是把当天即将在一套播出的节目缩编，做简要的内容介绍并附上播出时间，提示观众到时收看，这种形式在现在的电视媒体上也很常见，只不过现在的预告基本上只做 30 秒左右，那时候每段要做两分钟。

老师让我做编辑，我很高兴。虽然我学的是播音专业，但艺多不压身。很快，我就能独立承担所有编辑相关的工作了——周一早晨去磁带库借出本周要播出的重要节目的带子，用小推车拉到圆楼二层的自编机房，快速浏览并翻录其中的精彩片段，最好在午饭前将所有借来的播出带还回磁带库——播出无小事，电视台所有的工作都是为最终的播出，播出带不可以长时间被借走。下午我继续在自编机房，对翻录的播出内容进行剪辑。全剪完，就该合成了。合成就是对粗编完的内容进行深加工，做特技，配音乐，铺字幕。

合成机房不比自编机房，需要提前预约时间，有时候约不到时间，就只能守在合成机房外，等前面的老师工作结束了，去蹭他没用完的预约时间，等上几个小时是常有的事。

我记得那年春节，合成机房被约得超负荷运转，根本不可能给一个实习生整块的时间完成《收视指南》的合成，没办法，我只好在机房外等。台里的业务气氛浓厚，大家都有品牌意识，都希望从自己手里做出的节目有亮点、是精品，所以在合成的深耕环节谁也不肯懈怠。苦了实习生小王，在机房外从晚饭时间等到凌晨一点半，才送走对作品心满意足的老师。

合成之后，是配音，这是我的强项。自从我接手《收视指南》的编辑工作，就没有麻烦过组里的主持人来配过音。

播出带全部完成之后，要请主任审片，签字，然后是最最最重要的一步——入库！忙活了这么多不就是为播出吗？

毕业实习的日子在这样的节奏中一天天过去，静水流深的中央电视台没有任何动静，既不表示对你的肯定，也未显露出对你的否定。我呢，往返于央视和广院（我还是习惯称我的母校为“广院”，总觉得“广院”是我们的，“传媒大学”是师弟师妹的）之间。每天，都像进京赶考一样。

之所以这样说，是因为路途好远啊。央视在军事博物馆附近，

大四实习时，偶尔坐一坐双层巴士就成了奢侈的“京城一日游”。后来跟《正大综艺》节目组到墨西哥的外景地坐上双层巴士，对旧时光更是颇多感慨。

广院在定福庄，直线距离 27 公里，往返 54 公里，也就是 108 里地，每天！穷秀才赶考，盘缠自然是不多的，买了学生月票，从广院坐 312 路至终点站八王坟，再坐 1 路、4 路或 57 路到军博。如果哪天心情好就单花两块钱坐一次双层巴士（双层巴士不能用月票），如果运气也足够好，可以占到巴士二层的头排座位，那叫一个高兴，瞬间进京赶考就变成了京城一日游。

现在，有时候我和谭江海开车途经长安街，还会回味那段日子，回味双层巴士二层头排的欣喜。有时候会看到公交车站有学生模样的男生女生揽着胳膊拉着手，闲聊着等车，我们会像当年那样皮打皮闹地笑着说："你看你看，原来的咱们俩！"

一天，回到广院已是晚上了，匆匆洗漱完毕，爬上我的上铺倒头睡去。鬼使神差地，睡到早上五点多，激灵一下醒了，脑子里出现一行字幕："没！入！库！"

清醒了一下，确认了，的确没有入库！主任签完字，我抱着带子回到办公室，内急，去了一趟卫生间，然后，然后回广院了！该死，最早的一条《收视指南》应该是七点钟左右播出，该死！快，快，快去台里！

从上铺跳下来，我脸没洗牙没刷，撒腿跑向312路车站，幸好赶上了头班车！再转1路。怎么1路停靠那么多站啊？能不能快一点啊？我真的急了，急得快哭出来了。我怎么会这么糊涂？！这一点电视人的基本职业素养都没有吗？怎么会犯这么大的错误？坐在车上我不停地自责、检讨。从自私一点的角度想，如果开一个两分钟的大窗，那央视铁定不会要我了，这么没有责任心的实习生谁敢要？车啊，你快点开吧，求你了，你快点开！

下了车，飞奔到台里已经六点半了。作为实习生，我是没有办公室钥匙的，此时唯一的办法就是去保卫处值班室借钥匙！保卫处的办公室里没有人，旁边办公室的工作人员说值班老师可能去买早点了。我急得团团转，去食堂找怕走两岔，站在那里干等又备受煎熬。正在无计可施的时候，老师回来了。确实去买早点了，端着一个饭盆，饭盆的盖子上是刚出锅的油条。我扑上去，几乎带着哭腔："老师，你给我总编室节目组的钥匙用一下吧！"他警惕地看着我："你谁呀？""我实习生，播出带落在办公室了，马上就播出了。"听到"播出带"三个字，老师立刻不一样了，迅速放下饭盒，打开柜子，拿出一个木质的大圆盘，圆盘上挂满了钥匙，每把钥匙上都有房号。老师稍加思索，同时嘴里念叨着："总编室节目组。"从众多钥匙里抽出一把，递给我说："这把，快去吧，回来再补签字。"多么棒的业务水平，如果挨个试钥匙，还不得耗个十分八分的？多么棒的同理心，为了节省时间，他不拘泥于小节，让我回头再补借钥匙的签字。

坐电梯，上楼，开门，亲爱的播出带就在办公桌上。抱上带子，坐电梯、下楼、冲进播出线。

播出线的老师看到我，明显地松了一口气，说："怎么才来？我正要给总编室值班主任打电话呢。""别打别打，来了来了。"我气喘吁吁，双手奉上播出带，距离播出时间只有十分钟了。

从播出线出来，轻松？侥幸？虚脱？都不是，又都有一点。

后来的事情有些记不清了，好像组里的老师都知道了，找我问过情况？真的不记得了，模模糊糊的。也许是我选择性遗忘了吧，那段日子里，我学会了选择性遗忘，学会了选择性屏蔽。不过，我清楚地记得，在最终由总编室节目组出具的毕业实习鉴定中，对此事只字未提，说的都是褒奖肯定的话。

总编室的老师，谢谢了，谢谢你的宽厚。保卫处的老师，谢谢了，谢谢你的理解。

我那大条的神经，谢谢了，谢谢你在凌晨五点还保持的紧绷……

无意于炖“吃一堑长一智”的鸡汤，但有哲人说不经审视的人生不值得一过，自审这段经历，也许正是这一点瑕疵刺激出了实习生小王的倔强。

我的名字里，“骞”有高举、飞起之意。我却好像一直对自己的名字会错了意。小时候，这个名字似乎和哥哥王盾的气质更搭。全优的他有天看到我作业本上的“乙－”，震惊了，“我王盾的妹妹得了个‘乙－’？”他不愿与差生为伍地甩头就走刺激到我，从此我一路优秀，门门功课都是“甲＋”。高中时打不过数理化，又开始逃避，是广院的录取体制给了我机会，临近毕业，王小骞，是该“骞”的时候了。

流泪只为掏心掏肺过

1996 年 4 月，天气晴好，太阳地里阳光清透，暖暖的，一步迈入阴凉地，瞬间就有些寒意，是倒春寒吗?

四月天了，应是莺飞草长万木葱茏的时节；四月天了，再不签协议我就没有退路了，就真的要成为“外地来京务工人员”了。为了能进入中央电视台，我破釜沉舟，拒绝了几家电视台的邀约，用不见黄河心不死、不撞南墙不回头的巨轴无比的方式在中央电视台实习了半年之久，耗走了好几个竞争对手。此刻人家都已是著名电视台的新闻主播，其中包括谭江海。这半年，我每天第一个到办公室，扫地、擦办公桌，斟茶倒水买盒饭，进各种机房，编辑合成配音入库，没有功劳也有苦劳，没有苦劳也有疲劳，一脸大小罗列灿若桃花的青春痘，极具喜感地向外人诉说着焦虑。但我的嘴巴是

毕业实习的我梳着主播头，干练的外表小心掩藏着心中的焦虑。

不会向外人说的，向来报喜不报忧。哭肿了眼睛，那是昨天晚上喝水喝多了；打掉了牙咽肚子里，我会说这个四川的怪味豆啊，就是好吃！从小就这样，“轴”孩子！但凡我认为是大事的事，我都会一直轴着，直到有结果。不知道这是跟谁学的，也不知道这样好不好。进央视，这样的大事，自然是沿袭旧习，硬挺着，死等着，哪怕没有后路可退。

1996 年 4 月的那天，我已结束毕业实习，在忽暖忽冷的广院西街无目的地行走。

“BB……BB……”我的 BP 机响了。估计很多年轻人都没见过 BP 机，见过的也大多不太会想起它们了。BP 机分两种：数字的和汉显的。数字的只显示呼叫人的电话号码，汉显的会有汉字信息。刚刚有汉显 BP 机时不亚于今天 iPhone 初面世的盛况，人们以拥有一台 MOTOROLA 的大汉显为荣，我的一位同班同学张钊——多届春晚导播，就曾感慨："这辈子能拥有一台汉显，夫复何求啊！"我必须得意地说："我的 BP 机是汉显的！"三年半以来的勤工俭学真不是徒劳无功。我还要更得意地说句题外话，从大一下学期至今我都没有再用过家里一分钱，且反哺已成常态。

我的汉显上显示的是极为普通的一行字——请回电 6850××××。台里的电话。我在西街找了个公共电话打回去，当时中央电视台人事处的工作人员陈维利接了电话："喂，你是王小骞吗？你下午来签一下协议吧。""好的。"云淡风轻，他的语气就像是通知我去领劳保一样，没有波澜，奇怪的是，我的心里也没有一丝波澜，也像是要去领洗发水和香皂一样平静。

下午，我去了人事处，陈老师让我在协议上的指定位置签字，协议完全没看，让我在哪儿签名就在哪儿签名。然后他递给我一张 A4 纸，纸上列着需要办手续的台里的各个部门，包括磁带库、图书馆、医疗室、食堂、库管科、保卫处等等，一共十三四个部门。方楼、圆楼，上上下下，我依次去了一遍。这个地方我已经待了大半年，各个部门所在的位置已熟烂于心，很快都办完了，只剩保卫处。

去保卫处，是要去领"狗牌儿"。这是台里人对出入证的昵称。那时的央视，是无可争议的电视媒体至高点，能进入这里是多少人的梦想。正式员工称出入证为“狗牌儿”是一种自谦，是不想让非正式员工心里有落差、有不舒服的感觉；非正式员工称之为“狗牌儿”，口吻中时有羡慕，也许还有一股淡淡的酸味。

毕业实习期间，我也有出入证，不过那不是正式的，出入证的颜色和大大的“临”字，都昭示着我和央视之间的距离。

我来到方楼一层西边的小屋子，屋里坐了一位大姐，接过我的 A4 纸，扫了一眼，然后用手点了点“保卫处”三个字后的空格，意思是让我签名。全程没有说一个字，大概这一天她已经接待了几十个来办证的人了吧，懒得说话了。我找笔签名，她从抽屉里拿出一张小小的硬纸片，向我伸手，噢，要照片。我赶紧掏包，找出照片双手奉上，她把照片贴在硬纸片上，又在“部门”一栏写上“文艺中心国际部”几个字，“姓名”一栏写上“王小骞”，“工作证号”一栏写上“7254”，都写完了，她又无声地打开了一个看上去很像传真机的机器，把硬纸片推进去，吱——硬纸片外被包裹上了一层透明的塑料，四周封得妥妥帖帖严丝合缝，我的照片在塑料的特有反光下显得多了一份灿烂。大姐没有转头，默默地再次打开抽屉，从一个小盒子里拿出一条链子，哇，是金属的，只有正式员工的“狗牌儿”才是金属链呢。那是由一个又一个很小的空心圆豆豆连接在一起的链子，链子的尽头有一个小小的搭扣，搭扣上有一个小凹槽，刚好可以容得下一个空心圆豆豆，竖着将圆豆豆放进凹槽，再横着一按，首尾相连天衣无缝。

做完这一系列动作，大姐把出入证递给我。我接过来，那出入证是热的，是热的！我知道那是塑封机留下的余温还未散尽，但我竟不能自已，瞬间湿了眼眶。四年的努力，半年的焦灼，受过的摔打历练，咬紧牙关的坚持，死不回头的轴劲，似乎都从这张余温未散的出入证上得到了交代和安慰。生平，第一次对“百感交集”这个词有了真切的理解，不是喜极而泣，不是悲喜交加，不是故作矫情，不是黛玉葬花，不是无病呻吟，就是“百感交集”，情绪像潮水一样汹涌而至，裹挟其中，鼻子发酸，嗓子眼发辣。

最近几年，央视出现离职大潮，尤其是处于风口浪尖的主持人纷纷出走。也不是没有人与我相商，只是每每想到那一张热乎乎的出入证，每每想到我的那一段为进入央视而拼尽全力的青葱岁月，我始终都不能下定决心离开它。越是曾经掏心掏肺地付出过，就越是难放弃。在心里，我始终铭记且珍惜那段日子，那是青春的纪念，是不能忘却也不想抛弃的至爱。离开的人自有人家的追求，留下的人也有各自的理由，不必说离开是为了梦想，留下是为了坚守，无须“心灵鸡汤”的注解，无须赘述过多的情怀，只要夜深人静自问时的答案。那答案如果坚决而笃定，照着做，便是了。

保卫处的大姐大概是看到了我的眼圈发红，诧异地盯了我一眼，我拿上“狗牌儿”仓皇离开，身后，她小声地嘟囔了一句“至于嘛？！”别说，大姐的声音还真挺好听。

门外，是四月的温柔阳光，哪里还有倒春寒的痕迹？

从此不再“端庄”

2000 年，我从文艺中心调入社教中心，对于很多人来说，这可能是很不可思议的事情。人人都知道，文艺中心是最容易捧红主持人的所在，当时的这个决定主要是因为一个节目，那个节目叫“为您服务”。

说起《为您服务》，电视界响当当的名号——这是中国电视史上第一个有主持人的电视栏目，这个栏目的原主持人沈力老师是中国电视史上的第一位主持人，而非播音员。当年，《为您服务》片头中四个动画小人排着队走出来的形式、活泼的甩头动作，在国内家喻户晓。这个节目也制作出了很多直到现在也让人记忆犹新的接地气的好专题。事实上，《为您服务》这个节目早已停播了，2000 年我所参与的是一个全新的节目，从制作水平到制作理念，经过年电视业飞速的发展，老版《为您服务》早已不可同日而语。但是，新节目仍然以接地气、服务大众为基础，是一个不折不扣的生活服务类节目，况且，《为您服务》的名气大，沿用这个名字可以迅速进入老观众的视线，带来强烈的亲切感和较高的认知度，另外，“为您服务”这四个字充满诚意，听后令人熨帖，是为“您”服务而不是为“你”服务，“您”比“你”多了一颗心，有心和无心之间，差别大了去了。综合以上种种，新的《为您服务》得以在中国电视史又呈现了十年，精彩的十年，至少它之于我，精彩纷呈。

刚才说了，这是一个全新的节目，从中心到节目组都摩拳擦掌，想要创新，从形式到内容都要有突破——好怀念那些年啊，那心往一处想劲往一处使的业务氛围。

创新，突破，说得容易做来难。新的东西，也就是以前没有的东西，你想把它创造出来，必然会经历很多的心里没底摸着石头过河的忐忑，会遇到很多无法判断对错的瞬间，会碰到钉子，会走些弯路，甚至会有痛感，尖锐的痛感。

2000 年，从初春到初夏，一直在录样片。创新之一，就是关于主持人的状态。有一点是肯定的，那就是不能像当时电视屏幕上的主持人普遍表现的那样，端着，拿着，说着套话，甘当个“肉喇叭”。可是，要命的是，没有人知道主持人究竟应该是个什么状态。就只能是一遍遍地录，一遍遍地开会，挑毛病，再录，再开会，再挑毛病。

忘记了那是第几次录样片了，录完，时任《为您服务》总制片人的李欣沉着脸，说："回办公室开会。"妆也没卸，直接回到办公室，李老师开门见山劈头盖脸："今天样片录得不成功，与主持人的能力有关系！"我手里虽然没有镜子，但我知道，当时我的脸色必定是异常难看，这简直是当头棒喝，一记重拳打在我脸上、心上，火辣辣的，疼！

我，从小的优等生，广院的优等生，能力被如此不留情面地质疑？！后来李老师又说了什么，我已经不知道了，我在跟自己

我和搭档肖薇主持《为您服务》，学习摸索怎样才能不再"端庄"。

对话："王小骞，有人对你做主持人的能力怀疑，你怎么办？""什么怎么办！证明给她看！她不是也不知道主持人在这个节目里的确切状态吗？那就多试几种。直到找到她认可的、大家认可的！证明自己！！"

说真的，李老师的这句话我一直记着，最初的两年我曾经心怀怨怼，觉得伤了自尊。但是后来，我特别感谢她，至今我也不知道她是脱口而出还是激将法，但不管怎样，这句话让我铆足了劲，向自己宣战，向那个模模糊糊的人人心中有、个个口中无的崭新的主持人状态进发。现在回想起来，李老师是我的职业生涯中特别要感念的人，她的职业嗅觉极其灵敏，审片子总是一语中的，头脑清晰，作风干练。如果没有她当时的鞭策、敲打，我可能永远也突破不了固有的所谓主持人的说话方式，也许，时至今日我仍是一个"端庄"的主持人——端着，装着；我仍是一个"不会说人话的"主持人——不知如何将书面语言转化为口头语言。

再说回那段日子，漫长而煎熬的几个月，创新哪有那么简单啊？前一段时间看《我是歌手》，有位参赛歌手说，来这个节目，突然发现自己不会唱歌了。在我看来，这个形容贴切至极！参加《我是歌手》的歌手，不是天王天后，就是时代记忆，哪一个不是唱歌的优等生？然而当需要突破自己有所创新的时候，却也难免迷茫，甚至怀疑自己作为歌手的能力。是的，就是这种感觉，2000 年的那几个月，我的确感觉自己不会说话了。正襟危坐？傻！全部松弛？轻飘！说套话？绝对不行！背词？没有主持词！到底该怎么在镜头前既轻松又有可信度，既能传达有效信息又不让人感觉枯燥，既能让观众记住你又不用力过猛，一拨又一拨的疑问，遇到一个解决一个，遇到一堆解决一堆，渐渐调整、消化，经过一轮又一轮的实际录像，终于倒着吃甘蔗——渐入佳境。

那几个月是我职业生涯里最困难的，但也是收获最大的。来自外部的压力和自我的加压，让我从以前从未立足的角度思考主持人的专业问题。经过思考我确认，播音员和主持人是两个完全不同的行当。播音员在播报中力求精准权威，使用的是新闻体的书面语言——这是职业的需要。主持人在主持中追求的是信息有效且自然地送达，不能使用书面语，否则会显得生硬刻板。

不同类型的节目中，主持人的状态也应随之做出相应的调整——主持人是根雕艺术，需要以自己为基础、根据不同的需求做出微调，以达到节目的制作要求以及观众的收视要求。在《为您服务》中，我总结出八个字："言之有物，言之有趣。"偷眼观瞧，李老师的脸上，似乎阴转晴，有了笑模样。

态度决定未来

刚刚阴转晴，又出事了。

《为您服务》节目是一个真服务的节目，而不是假服务。真服务与假服务是有很大区别的。举个例子：我曾经看过一档美食节目，教人炸鱼，主持人说，油温 220℃的时候就可以下锅了。

220℃？怎么判断呢？用温度计吗？那不炸了？用手吗？那不熟了？所以这句话完全是无效信息。给出无效信息，纵然是正确信息但因其不可操作性，那么对于正在跟着你学习的观众来说就是不折不扣的假服务。

遇到这种情况，通常我会追加一句：“怎么判断油温到了

220℃呢？随便往油里放一小点裹在鱼外面的面包糠或者淀粉，如果油冒出黄豆大的泡泡那就是油温可以了，冒绿豆大的泡说明油温过低，冒花生米大的泡说明油温过高。”这样一来，既有 220℃油温的专业知识，又有可操作的判断标准，也就是真服务了。

这些都是在《为您服务》养成的职业习惯，就是只要真服务，不要假服务。知其然，也要知其所以然。全组上下都秉承着这样的创作理念。

然而，有一天，出问题了。

编导吴小岩制作了一期关于防晒的节目，教大家如何购买、涂抹防晒霜以及各种防晒霜的防晒原理。

小岩是个干活不惜力的导演，非常勤奋。为了让观众知其然也知其所以然，她特地从医院借来了一台紫外线消毒灯，希望以此让观众对日光中的紫外线加深印象。

演播室里，开着紫外线消毒灯，我们几个主持人粉墨登场，围着紫外线灯对日光中的 UVA、UVB、UVC 掰开了揉碎了讲得清楚极了，又对物理防晒霜、化学防晒霜的原理剖析一番，自然对防晒霜的 SPF 防晒指数也一一说明、计算，说这些内容的时候，紫外线消毒灯全程工作，那紫幽幽的光衬得我们的讲解似乎具有了特殊的说服力。整场下来，二十多分钟，实用又轻松，一条过，没有重录（万幸），大家开心地回家了。

当时我和谭江海在北京电视台后面的小区租房住。当晚我辗转难眠，眼睛生疼，闭着眼睛数羊，竟然数出了眼泪，哗哗的。我心想："最近太累了，工作刚刚找到点感觉，李老师的面容刚刚阴转晴，不许生病，不能太娇气！"可眼睛还是生疼，并且出现酸胀的感觉，越来越厉害。我坚持着爬起来，到卫生间一看，眼皮已经肿到有些透明了，眼泪还是不可抑制地哗哗地往下淌，用清水洗了洗，摸索着回到床上，心里出现了不好的预感。

一夜，眼泪没停过，天渐渐亮了，可是我已不敢睁开眼睛，一点点的光也会让眼睛极为不适，只能用被子蒙在脸上挡住窗帘缝隙透进来的阳光。

躺在那里，我想：完了，我不会是得了怪病吧？不会是要瞎了吧？身边的谭江海睡得好香，他那几年事业上也在爬坡，上很多新闻播报的节目，尤其主播《北京您早》总是要上夜班，下班后筋疲力尽，我不忍心搅了他的好眠。再说，我们住的被朋友笑称为"盘丝洞"的楼是个老楼，电梯不是24小时运行的，要到早晨6点电梯才开，忍忍吧，忍忍吧，别那么娇气！

到早晨5点多的时候，我已经忍不了了，第一次体会到什么叫钻心的疼，眼睛已经完全睁不开了，用手去摸，眉骨已经被眼睛的水肿覆盖。我推醒了谭江海，从他的声音判断，他看到我的样子，被吓坏了。叽里骨碌穿好衣服，他带着我直奔同仁医院。

那时的我，已经“盲”了，眼睛极度畏光，睁不开，眼泪仍在奔流，戴着帽子墨镜遮光完全不够，又把一件上衣盖在帽子上，才似乎稍微缓解了一点眼睛的酸痛。

运气很差，赶上同仁医院装修，急诊室根本找不到。谭江海说他顺着画在地上的箭头走，却发现最终是断头路。

我头上盖着上衣外套，谭江海用手领着我，我一脚深一脚浅，他焦急到声音干哑分叉，连看地上的箭头带打听，仍找不到急诊室。

所幸，我眼睛坏了，脑子还好使，我站定，说：“我跟着你找太慢了，你去找，然后回来领我，我不动，就站在这儿。”谭江海“领命”走了。我则开始了相对论中的“漫长”等待，度秒如年。对外部世界的一切判断都来自声音。早晨的同仁医院，声音纷乱杂沓，有人推着带轮子的小车过去了，像是护士推的药车；有人带着孩子来验光，因为我听到一个成年男人说“散瞳不疼”，一个小男孩嘟囔了一句什么，大概是有点害怕；还有很多无法厘清的人物关系和情景的声音，由远及近，再由近及远。当失去了影像的辅佐，仅听声音时，是那样混沌一片，没有头绪。我是闭着眼睛站在那里的，四周没有任何可扶可靠的东西，很快我就有点站立不稳的感觉，想蹲下，可是又怕谭江海回来看不见我，我下意识地伸出手想抓住点什么，可什么也没抓住。我哭了，虽然我的眼泪流了一整夜，可是那不是哭，现在，我哭了。好无助啊，好委屈啊，我怎么会成了这个样子？谭江海怎么还不回来啊？他不会不管我了吧？各种委屈的、幼稚的、荒诞的想法跳进我脑子，我真的撑不住了，一下蹲在地上。

不知道过了多久，谭江海回来了。后来，他跟我说他最多走了六七分钟。毫无疑问，那是我所经历的最长的六七分钟。

急诊室里，医生上来就问："你是王小骞吗？你可真能扛，肖薇（《为您服务》的老搭档）三点就来了。你们怎么那么无知？紫外线消毒灯开着的时候，屋里是不能有人的，常识啊！你把她扶那儿坐下！"我知道最后一句是对谭江海说的。"紫外线对黏膜组织的伤害不知道啊？还好你们就讲了二十分钟，要是再长点儿……"说到这儿，她把话咽回去了。"再长一点就怎么了？会失明吗？"我心里想问却未出口。我坐在一个小凳子上，下巴垫在一个平板上，突然一束强光照进我的左眼，是医生扒开了我如烂桃子般的眼睛，那生疼的感觉，通便全身，然后是右眼，天哪！那疼、胀、酸、麻的综合不适感铭记终生！确诊之后，医生给开了药，让谭江海去交费取药。然后她拿出了一个小药瓶，又一次扒开我的双眼，各点了一滴。瞬间，久旱逢甘霖，他乡遇故知，那清清凉凉的液体立时化解了不适，我竟然敢把眼睛眯成一条缝看看这久违的世界了，这一条缝太有意义，我确认自己没瞎！"这瓶眼药水，不能老用，只有在特别疼的时候点一滴，记住了？"我猜想，那一定是含激素的眼药水，用多了会有副作用的。

从医院出来，轻松多了——没瞎，有“神仙水”了，谭江海没有不管我，剩下的就是恢复期了，欧耶！

后来，录像停止了，不得不停止——我和肖薇红肿畏光的眼睛必须休息。时任《为您服务》制片人的两位同事来“盘丝洞”看我，那天我的眼睛在窗帘紧闭的条件下已经可以睁开一点了。我没有见到吴小岩，我揣测制片人李老师一定是想在那个节骨眼上息事宁人，也想保护吴小岩——一个刚刚组建的团队，彼此的脾气秉性还不熟悉，刚刚建组就出这种事，万一我和肖薇不依不饶，大家都不好收场，所以干脆别见，大事化小小事化了。在昏暗的房间里，在我模模糊糊的视线里，李老师率先开口：“唉，怎么会搞成这样……”我接过话茬：“好事多磨。没事，咱们的节目经过了这么多周折，肯定会大卖。”在融洽的气氛中，我送走了两位制片人。

并非我高风亮节，眼睛的疼痛我终生难忘，那段日子里对失明的恐惧也时常令我后怕，可是，问题的关键在哪里呢？在未来的合作！事情已经发生，后果已被控制，在工作中总是纠结于已发生的不快而去争一日之长短，却不着眼于长远的未来，在我看来实在没有必要。我知道在那个时间点上，我的态度是很重要的，我表现出愤怒其实也于事无补，而我表现出释然大家就释然，何不豁达一些，留有余地呢？给大家，也给自己。

半个月后，我和肖薇痊愈了。2000 年的初夏，《为您服务》正式开播，收视率很高，应了我的那句话："大卖。"此一播，十年。每天，我都在节目结束时微笑着说出我们的口号："让我们全心全意，为您服务！"

难忘空城里的旋律

2003 年的那个春夏之交，肆虐的 SARS 病毒让人乱了阵脚失了方寸。电视新闻每天更新时时滚动的疑似人数、确诊人数、死亡人数等数据，让所有人关注着、揪心着，恐怕那是很多人有生以来第一次感到恐慌，包括我自己。北京，几乎成了一座“空”城。名副其实的万人空巷，各个单位都处于停滞状态，除极特殊部门都不需要上班。空气传染、飞沫传染、接触传染，想想，只要出门就可能被传染，干脆都在家待着吧。有人在那段紧张的日子里出京，所到之处皆被视为洪水猛兽。当时一位主持人回安徽老家，听说街道办事处的工作人员差点就要将他遣送回京。

我记得“五一”之前，我的工作还在正常进行，为了能够全方位多角度地普及“非典”的相关知识，也是为全方位多角度地展现白衣天使的工作状态，我们《为您服务》节目组甚至还增加了节目量。记者在一线采访，几乎没有装备任何护具，仅有的一个口罩，记者、摄像师互相让了半天，最后决定干脆谁也别戴，硬着头皮就进医院了，这并不是逞匹夫之勇，而是工作的责任心和仗义的人品使然。

我在演播室采访了北京传染病医院即地坛医院ICU（重症加强护理病房）主任以及一线的护士。地坛医院当时收治了一批SARS危重病人，是抗击SARS的排头兵。我心里是有点担心的，空气传染、飞沫传染、接触传染，多么可怕，这些医护人员可都是刚刚下班就奔我们演播室来了。可是，彼时，他们是所有人的希望，他们是那么高尚，令人钦佩。与嘉宾见面，握手并非必须，但那天，我迎上去，主动伸出手。我记得其中有一位嘉宾说："别握手了，万一呢？"我很坚持地一定要握，并不是不怕死，也不是心存侥幸，而是觉得应该，应该给奋战在一线的医护人员无声的支持和尊重。在我心里，那段时间的北京城里弥漫着病毒，但浓度更高的，是一种情怀，一种同舟共济、共渡难关的信念。

后来，我们接到台里的正式通知——除新闻部门，其他各部门原则上不要上班。目的是为减少人群接触，降低感染的可能性。

停止了工作，原先忙忙碌碌的节奏忽然休止了。每天最重要的事情就是看电视新闻直播，默默地在心里掂量最新数据的分量。有时甚至能听到时钟的秒针走动的嘀嗒声，但分明整个世界就像停摆了……

突然有一天，接到台里的电话，让我去参加“我们众志成城”的晚会。那是一台千呼万唤始出来的晚会，之前一直有人在倡议，但是一直没有执行。主张办晚会的人认为在此特殊时期应该以一种方式提振大家的信心；不主张办晚会的人认为在此特殊时期更应该谨慎为上，不要盲目提振，万一因晚会的举行而带来新的感染岂不是得不偿失因小失大？一来二去，迟迟未办。现在终于决定办晚会，意味着什么呢？是疫情得到有效控制了？是领导层认为必须通过这种方式提振信心，以免大众的恐慌蔓延发酵？去晚会现场，那么多人聚在一处会不会有风险？并不是所有主持人都受邀去参加这个晚会，不该犹豫，去！虽然思前想后，但只在一分钟内就做出了决定。

那天，去台里的路出奇地通畅，路面上几乎没有车。途经人民医院，看到医院的大门口拉着护栏，护栏外似乎有些塑料袋，想必是被隔离人员的家属送来的日用品吧——他们只能止步于护栏，把物品放在那里会有人从医院出来取走。非常时期，人们克服着种种不便。医院的窗户里有三三两两的人探头出来，贪婪地亲近着北京的仲春。

进台，久违的感觉。过安检测体温，新增的流程。进入到圆楼，嚯，熟悉的场面——那么多人，都是好久不见了的。大家热烈地攀谈，当然都戴着口罩。来了很多领域的人，演员、歌手、戏曲表演艺术家、相声表演艺术家，当然还有主持人，基本涵盖了中国文艺界的所有名家。进入一号演播厅，编导、摄像等工作人员不牵扯出镜的问题，继续戴着口罩，但演员都把口罩摘下了。我站在舞台上向下看，台上的灯光使台下成为暗区，看不太真切，但是一个个雪白的色块分外鲜明，没有一位观众，白口罩们沉默地流动着，都是各司其职的工作人员。

第一个节目是全体大合唱，是特意为此次晚会创作的歌曲。按照导演的安排，大家有序地分几排站好。我的旁边是侯耀华老师和宋祖英老师。晚会倒计时开始，大合唱前奏响起。

有一份凝聚叫力量，
有一份微笑叫自信，
火炬下传递我们的心声，
让我们向勇敢致敬。

有一种倒下叫站起，
有一种选择叫坚定，
旗帜下刻下我们的名字，
让我们把生命握紧。

心灵交换心灵，
真诚辉映真诚，
力量传递力量，
生命点燃生命。

我们众志成城，
闪亮新的光荣，
我们众志成城，
中华民族在风雨中，
风雨中——
永恒。
…………

整首歌很顺利地唱完了，就在大家鞠躬谢幕的时候，我旁边的宋祖英老师咳嗽了起来。要知道那些日子里，咳嗽是多么让人害怕的声音啊。我的身体僵了一下，我明显感觉周围的其他人也都紧张了。宋祖英老师也一时找不到合适的话解释，就在大家都不知道该如何下台阶的时候，我身后的侯耀华老师说话了:“咳嗽没有痰，一会儿就玩儿完。”他特有的相声世家的语气和语调，合辙押韵的调侃，一下子化解了尴尬。大家哄笑起来，宋老师赶紧说：“不好意思啊，吸了一口干冰。”当时为了画面效果，工作人员从舞台的两侧放出了干冰。干冰对呼吸道有点刺激的作用，如果吸气时碰巧吸入了，很可能咳嗽——这是呼吸道的正常应激反应。

我至今保留着晚会现场发给我的歌词纸页，纸页已经发黄，折痕处也变得很脆弱，但“众志成城”的字样和昂扬的歌词就像凝定在纸上的旋律。在我们录制晚会的现场，就感受到歌声中澎湃的力量，我为能够参与到这个提振人心的晚会中而着实提振了自己的信心。晚会之后的几天，疫情数据在向好的方向发展，虽然还是有疑似、确诊病例，但是人数少多了，说明疫情得到了有效的控制。回头想，定是奋战在一线的工作人员认为在那个时间点提振信心是有效且安全的吧。后来，台里给每一位参加“我们众志成城”晚会的演员都颁发了荣誉证书，以肯定大家在非常时期所做的贡献。

十几年过去了，2003 年的那个春天、那个初夏留在记忆里的画面都是些片段，但情绪是完整的，我无法像新闻部的同事那样跑在第一线，只能每天揪着心看播报，看观众对播报的疑与信，从最初的怀疑恐慌，到后来的观望无奈，再到后来的信任和充满希望的等待。在那休止的一个月里，焦灼过后，心里沉淀下一些思考，比如面对信息不对称的人最好的表达就是说实话——实话可能让人难以接受，但这比事后说更多的谎话来圆场付出的代价低得多；比如停下有时比前进具有更积极的意义，可以让我们更好地前行；比如用及时且恰当的幽默去化解矛盾或尴尬……

论女主持人的金刚不坏之身

每年到了招生季，中国传媒大学播音主持学院的招生点都会车水马龙人声鼎沸，全国各地的少男少女怀揣着成为著名主持人的梦想来此一试。我大胆猜测，其中有相当一部分考生对主持人这个职业并不真正了解，也许他们只看到表象——华服、美妆，巧笑嫣然，几句台词便可获得鲜花、掌声，名利双收。多么简单而美好！然而光鲜背后可有见者？

我的家里有整整两面墙的鞋柜，里面摆放着我上节目要用的“刑具”——高跟鞋。对女孩子来说，高跟鞋是心头好，穿上高跟鞋，人立刻挺拔了窈窕了自信了；对女主持人来说，高跟鞋却是噩梦般的存在，是不折不扣的刑具。

刑具？刑具！不穿不行吗？不行！鞋跟低一点不可以吗？不可以！

在舞台上，在电视屏幕上，没有高度是不好看的。横向扫描的电视成像技术和越来越多的 16∶9 的宽屏电视拉宽拉胖了本来身材匀称的女主持人——观众见到我本人往往会说："呦？你不胖啊，这么瘦！"是的，我比电视上的我小两号。请注意，这还是穿了高跟鞋的情况下观众的反应，假如不穿呢？那在电视上我必将是又粗又短又壮的一堵矮墙，那才真叫对不起观众呢。如此，为了对抗电视成像技术和宽屏电视的"毁"人不倦，为了对得起观众也对得起自己，必须得穿高跟鞋，穿特别高的高跟鞋。我量过，我最高的几副"刑具"鞋跟距离地面的垂直距离是 15cm。这个高度已逼近人类脚部可承受的极限，连酷爱各式"恨天高"的 Lady Gaga 都难以驾驭。穿上它们，整个人的体重全部压在前脚掌中间位置那金丝小枣大小的面积上，站一场节目（通常三四个小时）疼痛不已不说，被集中压迫的"金丝小枣"会迅速长出一层角质，俗称脚垫。这也是人体的神奇之处，哪块皮肤的钝性磨损大哪块皮肤就会启动自我保护机制，变硬生茧以保护那块受损皮肤不会溃破。生出的脚垫是硬的，如果踩上"刑具"再站一场（通常如此），体重的压迫叠加上硬硬的脚垫被死死摁在脚底的力道，那是无法言说的滋味，只有女主持人可以秒懂。

录制结束时基本上除了脚已关注不到身体其他器官的存在，那种从脚底直钻心里的疼粗暴而尖锐。有的女主持人站完一场节目会逃亡般地第一时间脱下高跟鞋，甚至顾不了现场还有未退场的观众和工作人员，一屁股跌坐在台上，比如我。与脱下“刑具”的刹那感受到的轻松相比，当众赤脚和席地而坐的不雅根本不值一提。据说曾有女主持人脱下高跟鞋，边揉脚边掉眼泪。这个，我信。

礼服与高跟鞋是一对孪生姐妹。礼服是否会成为“刑具”取决于录像环境——外景录制看天气，内景录制看空调。

说来奇怪，我数次录节目被冻得发烧都是在南方，上海、浙江，甚至广东深圳。北方人惧怕南方的冬季，因为北方的冬季干冷，体感痛苦指数可以承受，而南方的冷是潮湿的，黏腻的冷直入骨髓，透着一股执拗任性的劲头，体感痛苦指数爆表。就说深圳吧，印象中深圳四季都是炎热的，至少也是暖和的，其实不然。每年的年底年初，深圳都会有几次大降温，降温、大风、潮湿三巨头一旦会合，摧枯拉朽，外出的人们都穿着羽绒服。尤其到了夜晚，抽离了阳光，又湿又冷，空气中集结的密密麻麻的冷湿分子毫不商量地阴险地钻入你的毛孔狞笑。但节目组未假思索就将晚会现场定在了室外。无遮无拦的现场，除了主持人，大家都穿着厚厚的冬衣，即便如此，几个小时下来，也都冻得够呛。我穿着礼服，暴露在外的肩、后背和胳膊率先被湿冷分子鲸吞，而后全身被迅速蚕食。一阵阵因降温而大举南下的北风吹过，那酸爽！可是，再冷也不能表现出来，舞台上要掌握节奏，适时推进，谈笑风生，不可以显出僵硬、不可以舌头拌蒜——这是基本的职业状态。身上的鸡皮疙瘩层层叠叠，幸好没有胳膊的特写。凌晨收工时，我早已被冻透数遍，捂上羽绒

《星光大道》后台的"四朵金花",恨不能穿华服,踩棉拖。

服也没什么用。再厚的衣服也并不产生热量，它只是包住你自己的热量不向外散失，被冻得透透的我哪还有什么热量，仅存的温度都用来不可自控地打哆嗦了。

按说室内就好多了吧？也未必。很多节目由于没能约到条件比较好的演播室或摄影棚，可节目播出日期又是不容商量的，就只能临时找地方搭台录像，作为主持人经常碰上这种不靠谱的"棚"。

举个例子，《美味中国》年度总决赛的节目总是在春节前，那时各个节目都忙，《美味中国》下手订演播室的时候，北京各大演播室都没空了，最终只能选择在丰台体育馆的空场里用黑布围起大约 1000m^2 的面积，架灯搭台录像。一直不太理解为什么丰台体育馆里没有暖气，偌大的体育馆冰冷冰冷的，冻得你无处躲无处藏。坐在化妆间里，妆化一半鼻子头就已经红了。记得化妆师跟我说："太夸张了，底色都被冻住了。"化妆间没有暖气尚且可以穿军大衣，可录像时就不可能了。春节的节目一定要隆重。女人越隆重穿得越少——也不知是哪个时尚大师定的，写到这儿我都想哭一会儿。我的礼服是件西式剪裁的绣花抹胸短旗袍，真丝面料轻薄婉约，膝盖以下胸部以上含胳膊全部暴露在外。裹着军大衣，穿着抹胸式小旗袍，踩着我的大高跟，我充满喜感地来到现场，不祥的感觉袭来，一月的北京滴水成冰，体育馆的各个门都大开着以方便进出道具，凄厉的北风掠过，从黑色幕布的底边缝隙钻进来，刺骨地寒冷。"这完全就是室外温度啊！"我想。室外零下十度有余。

开场音乐响起，我深吸一口气，活动一下僵硬的脸部肌肉，将频道调至"录像"一档，心里默念"三，二，一，脱！"，脱下军大衣，蹿上舞台。我的肾上腺加速运转，马力全开，忘掉身上的冷，忘掉脚下的疼，我情绪饱满地说："亲爱的观众朋友，过年好……"

这样的录像一般持续五到七天，全部录完不病一场就是运气超好人品爆发，录完之后卸掉妆的我几乎没有什么人样了。

夏天也并不好过，外景的酷暑，内景的无空调大闷罐时常会碰到。汗珠执着地顶破粉底的封锁，倔强地不停流淌。那些遇水颜色会变深的衣服是断断不能穿的，被汗湿透的前胸后背会让衣服狼狈不堪。脸上的妆花了补，补了花，但开机后仍要亲切可人，笑容可掬。因为观众并不知道此时的气温也许已超过 38℃，更因为镜头前的良好状态是一个主持人基本的职业素养。中暑了？来来来，干了这杯“十滴水”（祛暑剂）再说吧。辛辣刺鼻的十滴水一下肚，立时又一身透汗，整个人像是从水里捞上来的一样，花成猫的妆容再也掩饰不了苍白的脸色。

有一次中暑，我是在北京拍《交换空间》，三十七八度的桑拿天出外景。病来如山倒，当时我可真想晕过去呀，晕过去该多好，什么都不知道了，什么都不用管了。可是“十滴水”不愧是中暑克星，是中暑药品中的战斗机，我愣是没有如愿地晕过去。我在心里跟自己说：“坚持，坚持一下，录完就可以平躺了。”哪怕是晕着躺倒的。

鲜花、掌声、赞美，巧笑嫣然、华服美妆，是这些冷、热、疼积聚在一起才滋生出来的。离事越远越容易误判，镜头外的一切，都需要你自行消化，强行消化。这世界上本就没有白来的东西，很正常。

除了冷、热、疼，还有——等。

我是一个很有时间观念的人，不喜欢迟到，不喜欢让别人等，当然也不希望等别人。可是，偏偏，我就干了电视这一行。这一行的一个显著特点就是等待。等嘉宾、等调光、等处理突发情况，等等等等。这种等待有时是一两个小时，有时是四五个小时，我的职业生涯中最夸张的一次是几乎等一宿。

《交换空间》这个节目自2005年开播以来至今已有十一年了。十一年来，我练就一身“等”功。设若将来你在江湖上发现有一本关于“等”的武林秘籍，想必是王小骞撰写的。等什么呢？概括来说是等施工。这个节目不同于常规的演播室节目，也不同于常规的外景节目，它需要“真刀真枪”地装修。节目中说了限时48小时，但实际操作中，假如48小时到了，工程没有完成，那也不能强行收房，因为半成品的房子会让电视画面很不好看，所以就需要等设计师完成他的施工。如果设计师的案头工作不细致、订的货没有到、施工的工人不给力，或者停电、停水，被邻居打了110投诉噪音……太多的可能性，那么我就只能枯坐干等。我的纪录是从早上9点半开始化妆工作至凌晨3点半，天际都即将泛起鱼肚白，想到还要赶早上的飞机，我真是一丁点力气都没了。还好，随着《交换空间》整个团队磨合的日臻成熟，这两年效率高很多了。但是，等待，对主持人来说，依然如影随形。

冷、热、疼、等，这四大金刚是主持人，尤其是女主持人必须过招的。还有吗？有。

几乎每个主持人，不分男女，都有“精神分裂”的一面。开机前，也许你已经因为漫长的等待而失了耐心，烦躁不堪；也许你身体欠佳，发着烧刚吃了药；也许你家里有火上房的事情等着去处理；也许已经站了一场三四个小时的节目再站一场让你欲哭无泪……但所有的糟心事在开机后都必须抛诸脑后，必须全情投入录像，拿出你最积极的态度去完成主持任务，不能出错，最好还有碰头彩。

还有吗？有，多得是。时间宝贵，不再赘述。

我在抱怨吗？不是，我只是实话实说。我在得了便宜还卖乖吗？没有，我深知这世界上谁都不容易，想做得出色一点更是难上加难。我想说的是，做任何职业选择，或做任何决定前都需要尽可能多地了解事情本身，看到表面也要了解内里，看了“贼”吃肉也得看看“贼”挨打。

这世界很公平，没有什么人会轻而易举地获得，彩虹不可能挂在天上却省略风雨的洗礼。什么职业不是如此呢？机长空姐看上去多么洒脱浪漫，但在高危环境中工作并不轻松，长年的高空飞行造成的身体钙质流失有几个人知道？老师桃李芬芳受人尊敬，用声过度造成的慢性咽炎和长久站立形成的下肢静脉曲张是他们的职业病；演员收入丰厚，扬名立万，拍古装戏粘胡须粘头发以致皮肤溃破发炎是常事，拍打戏受伤骨折也并不鲜见……所有表面的光鲜都有背后的付出，这是定律。

对于我来说，我热爱我的职业，它让我的视野开阔，让我总是能在新的环境、新的话题中保持学习和思考的状态不敢懈怠，它让我有机会登上更高的平台认识世界，也让我有机会获得更多人的认识和赞美……基于热爱，这份职业带给我的困扰，我认。老话说得好，要想人前显贵就得人后受罪。从业之初，我没有想过“显贵”，从业以来，我知道要成为一名出色的主持人就要“受罪”，这再正常不过了。

曾经听到过一个关于山石的“鸡汤”故事。人们就着山势凿出了石阶，既而拾阶而上，在山顶凿出一尊佛像。佛成，来上香膜拜者甚众。石阶不高兴了，说：“原本我们都是这山上的石头，凭什么现在大家都去给你上香？而且还踩着我们？”佛像说：“别不高兴，你们只被凿了两下，而我，千刀万剐。”窃以为，这是用走地老母鸡熬出的鸡汤，不是味精勾兑出的假鸡汤。这故事，有点意思。

我曾经给很多地方电视台的主持人大赛当评委，也在CCTV-3的《挑战主持人》节目当过评委，每每看到那些稚气未脱、意气风发的少男少女，我的心里都在默默地说：“弟弟妹妹们，想当主持人吗？来吧，这是一份很好的职业，但请你一定不要误解它，它会教会你很多，打磨你很多。带上你的热忱、你的勤奋、你的悟性以及你强大的神经，来吧。”

生活是头顺毛驴

2008 年 4 月 30 日，北京奥运会倒计时 100 天，我接到通知，去央视体育节目中心领取颁发给奥运主持人解说员的聘书。说是聘书，并不是传统意义上的小红本，而是重达 8 斤、外形类似方尖碑的钢质物件。原料是鸟巢钢。

发放聘书的仪式非常隆重，奥运频道全程播出，我从体育中心主任江和平先生手中接过“聘书”，实打实的钢材，分外压手。由于举托不慎，当晚就被它的边角划破右手虎口，一厘米的伤口，先是呈粉白色，不一会儿渗出殷红的血珠。同来接受聘书的安徽电视台主持人周群打趣说：“你红了。”多么出色的主持人，反应又快又好。仪式主持人刘建宏宣布，我的岗位是直升机主持人。这个岗位，全程无替补。我将成为中央电视台建台以来，第一个在如此大型、长期的航拍活动中登上直升机的主持人。

清晨的阳光洒在经过重新喷涂的直升机上，红、白、橙、黄，醒目的“CCTV”“中国中央电视台”的字样，在阳光下兀自美丽，直升机像一只穿花衣的蜻蜓，轻盈乖巧地落在跑道上。

当天执飞的机械师老鲍是个和善的中年人，他和太太都喜欢我主持的《交换空间》。上飞机后，他嘱咐我两件事：一、他递给我一个明黄色的大耳机让我戴上，说是降噪用的。（事实证明降噪耳机太有必要了，螺旋桨巨大的轰鸣声对人思维的干扰破坏我算是领教了！）二、他比画着告诉我飞机后排座椅下有一个空桶，一旦想吐，他会第一时间递给我。

我上天了！并不像想象中那么可怖，比过山车好多了，真正的“直升”，一米滑行都没有，迅速悬空、拐弯，像机动车一样平滑，区别只是抗拒了地球引力。

空中俯瞰，北京原来是这样的：庄稼、河流、三环、四环、场馆、立交桥、高楼大厦，熟悉的街道楼宇全部陌生化，北京成了一座熟悉的陌生城市。

值得炫耀的是，飞了两小时四十分钟，后半程有点晕，但是，我没吐！

试飞结束，还没有从上天的兴奋劲儿里恢复过来，就被吓到了。我们落地后团长来检查飞机的状况，他上到飞机顶部半天没下来，隐约感觉有问题，我们几个央视的人站在飞机下面等着，不肯散去。好大一会儿，团长铁青着脸从飞机上下来了，手里拎着一大捆细细的风筝线。原来，螺旋桨在天上绞到了风筝线！那原本一整根的风筝线被螺旋桨的快速转动切割成了等长的一截一截，紧紧环绕在螺旋桨底部的立柱上。团长一身冷汗，一脸的后怕——假如线没有绕在立柱上而是死死地绞在螺旋桨上呢？不敢再想下去了。我从上天的兴奋里抽离出来，握着那一大团等长的风筝线，想到刘建宏说的“全程无替补”，我试探着问团长：“以后还会有这么凶险的情况吗？”团长保证道：“不会了，绝对不会！”虽然头皮仍然发麻，但我选择了相信。

接下来的日子是靠天吃饭的日子。2008 年 8 月 8 日——开幕式当天，之后的 10 日、12 日、13 日、14 日、16 日……全部是“待命，备飞”，化完妆，等着，几小时后又全部是“能见度不足，飞不了”。真想不明白，北京一座没有大海大江大河大湖的内陆城市哪来那么大的水汽，迷迷蒙蒙黏黏糊糊。能见度不足是航拍的天敌。就算勉强飞起来了，拍出的画面也根本没有美感。我只能消磨着备飞的时光。

那些天的等待不同于日常节目的等待，平时如果你等的是嘉宾，人家可能堵在三环上，大约半小时能到；你等的是恢复技术故障，技术大拿已经来了，正在指挥着手下有条不紊地排除。不管你等的是什么，基本上都会有个开机的预估时间。我在 2008 年 8 月的等待，等的是谁？老天爷！他是不会告诉你确切消息的，天气预报对于直升机的飞行也只是个模糊概念，不可能精准到小时。没别的办法，只能每天早上五点把妆化好，驱车前往基地，等。往往十几个小时后通知我“今天飞行取消”。白等一天，明天继续。几个循环下来，我自编了“不等白不等，白等也要等，等了也白等”的顺口溜——实在太闲得慌了。

很多行业的人，包括主持人都想在 2008 年家门口的这届奥运会上为自己的职业生涯添一笔亮色，其中也有我。能够成为中国电视史上第一位在直升机上实现直播的主持人我深以为傲，为此我在心里一遍遍地打着腹稿——如何让这双天上的眼睛替观众看到不同视角的奥运。可是，人算不如天算，那些天里基本上都是能见度不达标的桑拿天。有劲使不出还必须天天妆后备飞，一次次的无功而返真是太磨炼性格了。我盛妆又不能“上岗”的吱吱冒油的脸，我们所有人的着急,我们在消磨中“去世”的脑细胞,有多少人知道呢?

观众是不知道的（*也没必要知道*），他们都全情投入在夺金的兴奋中；我其他的同事可能也是不知道的，他们一定全情投入在赛事的转播中。

那 16 天里，我只飞了三四次。最重要的男子 110 米栏决赛时天气倒是很好，但由于刘翔的因伤退赛，我们也只在鸟巢上空盘旋一圈就返航了，准备了一肚子的话全都留在半空，真正的没带走一片云彩。

都说体育竞技最大的魅力在于不可预知，作为 2008 年北京奥运会的直播国家队成员，我以一种极致的方式体会到了作为主持人的不可预知，是困扰但也是魅力所在。录日常节目时，面对嘉宾，你不知道他会说什么话，这种不可预知让你的头脑必须开足马力跟上他的节奏，碰撞出对话的火花，还要适时地将节目带回轨道并向前推进；奥运直播时，你不知道老天何时开眼，但必须严阵以待，以职业的状态面对风云变幻，抱定老天可以负我而我绝不负老天的决心，焦虑抱怨毫无裨益，顺势而为才是正道。老天有眼可以航拍了，又遇到以为十拿九稳的赛事中途生变，为刘翔深感遗憾，更为我们直播团队深深一叹……

那个夏天之于我，是历练。在长坐等晴的时间里，我埋头写字——《厦门商报》约了我在奥运期间写专栏，每天一篇的文章让我舒解了很多心绪，也理清了自己所从事职业的很多不曾想过的特点，跟人生好像啊——别急躁别抱怨，因为统统没有用。生活是头顺毛驴，戗茬儿摸它不会买账，也许会生气会尥蹶子，把你踢出个好歹也未可知。做好你自己，其他的，归老天安排。

高手都有低幼时

她叫吴小岩，胖嘟嘟的婴儿肥，有一张“口哨嘴”。不是说她总是在吹口哨，而是她的嘴唇肉肉的，噘噘的，像是随时都要吹口哨一样。从我认识她起，她就狂奔在减肥的道路上。她是个对自己有要求的人，有时要求竟很苛刻。这么多年来，我几乎没有亲眼见她吃过东西，无论是录像时还是聚会时，她对食物的神情总是很决绝，脸一偏：“不吃！”不过从她多年来没怎么改变的体重看，我的眼前总会出现一连串画面：夜深人静，一天没进食的小岩饿得眼冒绿光，辗转反侧不能入眠，终于从床上弹跳起来扑向冰箱，有啥算啥照单全收，风卷残云，为明天继续减肥攒足了力气，之后踏实入睡。我问过她，她不承认。

虽然常年减肥，但小岩在工作上从来没有显出病猫的状态或黛玉的体力不支。她总是像一只被上满弦的闹钟嘎噔嘎噔不停地有力运转。不惜力是我对她最初的印象。

和小岩的合作由来已久，最初也是最惊心动魄的就是2000年拍《为您服务》样片时的紫外线灼伤事件，我差点失明了，恢复了大半个月才痊愈。

打那以后，我开始对这个叫吴小岩的人产生了防范心理，每次跟她合作都倍加小心。

小岩也持续很长一段时间躲着我和肖薇，见面溜边儿走，几乎不敢和我们有眼神接触，她一定是怕我们俩合伙把她撕了。但同在一个节目组，合作是难免的，小岩约我给她的一个小片《婴儿抚触》做主持人。录制是在妇产医院进行的，非常顺利。可没过两天，小岩打电话给我，说要重录，原因是其中有一个段落她认为不够好，还可以更好。要进病房拍一段。怎么着，想去角逐戛纳电影节奖项吗？我心里挺不情愿，但也去了。

夏天的午后，医院的楼道里安静极了，我、小岩和摄像师蹑手蹑脚地走到病房门口。忽然，护士从治疗室推着一辆小车走过来，里面齐刷刷摆着两排白色的小壶，护士边走边说："冲洗，冲洗……"不偏不倚，小推车停在我们仨刚刚要进的病房，只见六位产妇听到护士的喊话，都开始褪下病号服的裤子，为冲洗做准备。彼时，我和小岩都是二十几岁，谁也没生过小孩，没经历过那个场面，我们俩对视着，不知道该进病房还是该扭头回避，小岩嘟着她的口哨嘴，显得那么不知所措，忽闪的眼睛透出无辜又无助的眼神，我以同样的眼神回望。摄像师是个大小伙子，早已面红耳赤落荒而逃。“跟这个家伙在一起就一定会有状况。”我在心里暗自思忖。

就在前几天我和小岩深夜聊天，她说《婴儿抚触》那个片子她特别满意，在产房里我为避免打扰到产妇和新生儿休息，主持的时候声音特别轻，轻得刚刚能让话筒收到声音，这个自然而然的举动让整个片子充满了温暖的人文关怀色彩，令她印象深刻，这一记就是 16 年。假如没有那次夏日午后的重录，没有深入病房的拍摄，就不会有如此完美的呈现吧。

不知不觉之中，我们俩的合作多起来。她身上有一股乐天派的轴劲。不懂？没事儿，现学。没经验？没事儿，干一次就有经验了。错了，她知道低头认错，不会三根筋挑着个脑袋耍横不认或推卸责任，女生却有爷们儿的担当，而且我敢说绝对强过有些爷们儿——那些遇事先撇清，哪怕是自己的错的爷们儿。我也渐渐地不再防着小岩，我们成为工作中并肩作战的伙伴，生活中嬉笑打闹的朋友。

朋友归朋友，状况还是接二连三。

做厨艺大赛的时候，小岩被委以重任，做总导演。据我观察，小岩是不会做饭的，她都不爱吃饭又怎么会做饭呢？一个不会做饭的人，头一次做厨艺节目，还是比赛，不出状况才叫奇怪。

我和小岩已从仇人变成闺密。

有一场比赛，参赛选手是一位日餐主厨，他要在第三轮比赛中做一道经典的日式烤鳗鱼。说是烤鳗鱼，其实烤的工序耗时并不长，关键是腌。为了入味，鳗鱼要腌三四个小时。比赛分三轮进行，前两轮都很顺利，到了第三轮，问题来了。由于小岩不爱吃饭不会做饭，所以前期沟通只沟通了“烤”的时间，忽略了“腌”的时间。到了第三轮比赛，全体工作人员就开始等，等着鳗鱼入味。又是个夏天，又是个没有空调的不靠谱“棚”，棚里还点着煤气灶，两轮半比赛下来，棚里不是蒸笼酷似蒸笼。我们这些人肉包子在棚里既酷热难当又无事可做（等着鳗鱼入味实在没什么可主持可拍摄的），于是全体工作人员转移到室外院子里，至少凉快一点。那时已经是夜里十点多了，北京大兴城乡接合部的蚊子可能接到了同伴的通知，呼呼啦啦地全都飞过来，与人肉包子胜利会师。棚里的两条鳗鱼还在慢条斯理吸吮着油盐糖酱，棚外的我们开始与蚊子展开殊死搏斗。噼！啪！打蚊子的声音此起彼伏。几十号人全在暗影里聚精会神地打蚊子，那场面蔚为壮观，恐怕也是没谁了。

四个小时之后，主厨通知我们："鳗鱼腌好了！"几十号几乎血尽人亡的工作人员瞬间满血复活，看到了活下去的希望。那天录完节目已经凌晨两点多了，在"蒸笼"里蒸了十多个小时，再加上喂蚊子打蚊子的四个小时，我的脚下已彻底踩了棉花，开着车我迷迷瞪瞪地上了高速。

凌晨三点，我拨通了小岩的电话，咆哮道："我开错方向了，我现在在河北固安！我明天录不了了！"没等小岩说话，我就挂断电话。现在想想，我当时也真是有点过分。小岩也不想这样呀，谁会是生活、工作中的百事通呢？对于陌生的领域，经验的积累是要有过程的呀。小岩没有发火，她发来短信，让我好好休息，并诚挚地道歉。听说，那次厨艺大赛，她给好几个人道过歉。

十几年过去了，也不知从什么时候开始，小岩成了我的闺密，无论是工作还是生活，我们几乎无所不谈。见面次数虽然不多，但见时亲密无间，聊到泪奔也时有发生。十几年过去了，小岩从一个扛来紫外线消毒灯"戕害"主持人的莽撞编导成长为独当一面的各类节目的总导演。她所涉猎的节目类型和选题已经涵盖专题类、访谈类、综艺类、竞赛类、真人秀类、经济类、旅游类、生活服务类等几乎所有的节目形态。节目内容都是八竿子打不着的，但是她乐天派的轴劲使她没有畏首畏尾，使她不假思索地从之前已熟悉的领域拔腿就走，去适应新的要求。除了不惜力，我想她身上还有一种可贵的能力——把教训转化为经验。没有人会不犯错，唯有将教训转化为经验才会不犯同样的错。

厨艺大赛那一夜小岩道过歉的几个人，后来都成了她的铁磁，大家都心甘情愿地陪着她继续在全新的领域积累教训、转化经验，我想这是源于信任，源于对她的工作态度和工作能力的信任。

也许，小岩不是人群中最聪明的一个，但是她的勤勉为她加了分；也许，小岩永远都不可能从幕后一跃成为明星导演而走到台前，但是她勤奋不惜力，她不怕尝试新鲜事物，她超强的抗压能力，她对电视工作始终未降温的热情，让她在我的心里成为一个标杆，一个优秀电视人的参照。我想，在我的内心深处，就是因为她的这些优秀特质，让我愿意接近她，放下防备心，只要她召唤，我就愿意去和她一起面对各种意想不到的状况。多年前，我就在心里告诫过自己，无论如何不可以再对小岩咆哮，不可以再放“我不录了”的狠话。

最后，我想对小岩说：“来来来，你过来，你还欠我一个道歉。当年灼伤了我水汪汪的大眼睛，你吓得掉头就跑，一直没说对不起。你过来，我保证不打死你。”

还有一句话：“小岩，祝你减肥成功。”

3

谁 不 曾 苟 且

年轻的你不用羡慕那些处乱不惊的人，

因为他们必定已经被乱过了。

原来是绅士

从学播音到做主持，我不是一个人在战斗，女儿早早出生前，可以说是我们全家人在战斗——我，和当年的“劲敌”、大学的男友、现在的老公谭江海，成了终生战友。

大一寒假，我、谭江海和“九一播控”的韩岳，几个老乡结伴坐北京至青岛的火车回家。为什么我们三人同行，已经记不得了，是谭江海有意为之，还是纯属巧合？谭江海在济南下车，我和韩岳到终点青岛。

那时候虽然还没有春运一说，但是火车上的形势已经很严峻了。硬座车厢里被塞得满满当当，走道上、座椅下全是人。如果想去车厢尾部的卫生间，对不起，完全没有下脚的缝隙，你只能踩着“躺票”

的人的肩膀过去，被踩的人对此充分理解，绝对不会表示不满。不过，就算你一路踩着别人运动到了卫生间也没有用，因为厕所的门大开着，里面挤挤挨挨地也塞满了人。你只好吸足一口气用内功把内急憋回去，再原路踩回去。90 年代初，春节前的硬座车厢就是这样人满为患，气味污浊，可是全车厢人的脸上，满满的都是回家过年的热望。

大学生可以享受学生票的待遇，学校统一购票，所以通常都是有座位的。我们三个人坐在自己的座位上聊着天，倒也没有那么难熬。火车开出北京不久，谭江海就站起来把自己的座位让给了一位头发花白的老人，自己单手扶着座位靠背，继续和我们聊天。要知道这可不是公共汽车上的让座，公共汽车开到终点最多也就一个小时，这可是跑几百公里的火车，而且车厢里人挤人人挨人，站都站不稳，在这种情况下他还主动给老人让座！他的这个举动让我的心动了一下，心里为他竖起大拇指。接下来的几个小时里，我、韩岳都表示要跟他轮流坐，他选择部分地接受——韩岳是男生，可以轮换，我是女生，他替我站。我的心又动了一下，这个人懂得照顾女生，尊重女性！彼时的那个因“抢”名额而令我耿耿于怀，刻意“妖魔化”的谭江海，此刻分明就是一个有教养、知分寸、不计较的百分之百的绅士。

一路上，我们仨一直在聊天，韩岳寡言，主要是听谭江海说。他的知识面真广啊，知道那么多冷知识；他可真逗啊，我们周围的乘客也时常被他逗笑。他的逗，不是低端的贫嘴，而是高级的幽默，不露声色的铺陈，清脆响亮的包袱，想不笑都难！后来，谭江海告诉我，在我们谈恋爱的时候，他对自己是有量化要求的，即每天至少逗笑我三次，微笑不算，开怀大笑才计次数。不知道结伴坐火车的时候，他是否已开始计次？

北京到济南 400 多公里，7 个多小时好像很快就过去了，谭江海要下车了。也许是预计到少了他的冷知识和幽默感，接下来的旅途会很漫长难熬，韩岳开玩笑说："老谭，你别下车了，送我们回青岛吧。"打着哈哈，谭江海还是下了车。很突然地，我的心里竟有一丝不舍。

天已经黑了，济南是大站，车上下去好多人，我和韩岳可以调整一下座位。我坐到靠窗的位子上，看着谭江海晃晃悠悠消失在夜色里。

其实，他没走。他在通往出站口的廊桥上站住，用眼睛搜寻着我所在的车厢，他看到我移到了靠窗的位子。夜色里，廊桥是暗的，车厢的窗户是亮的，他看得到我，而我看不到他，火车在济南站停靠 15 分钟，他一直在廊桥上站着，看着我身边的那扇小窗，能看到什么呢？廊桥那么高，离得那么远，最多能看到一个隐隐约约的轮廓吧？直到列车驶出济南站，目送列车彻底消失在夜色里，他才出站。出站口接他的家人还以为这孩子坐错了火车，没在这趟车上："你这个孩子，怎么半天不出来呢？"这孩子自然是不会正面回答的，孩子大了，有心事了……

那年除夕没过好，心里在记挂着一个电话。在火车上聊天的时候，我们互相留了家里的电话号码，谭江海当时说：“我大年三十给你打电话拜年啊。”我记得这话，在火车上对他产生的好感让我尤其不能忘记这个约定。可是，除夕一整个白天电话铃都没响，晚上响了，也都是亲朋和其他同学的电话，并没有他。我总是电话一响心头一震，听到不是他的声音心头又一沉。零点之后，我有点嘲笑自己了：傻瓜，人家就那么一说你还当真了？只不过一次结伴而行，你的这点好感就包吧包吧收起来吧。

上中学时并不是没有男生“追求”过我，说老实话，还不少。可那时的我一脑门子官司，不是在应对家庭翻天覆地的变故，就是在谋划自己展翅远飞的计划，学业和去电视台录像也占去了很多时间与精力。再说，中学生“恋爱”那叫早恋，是被明令禁止的。十四五岁，情窦初开，并不知道真正的恋爱是怎么回事吧？也有自己不讨厌、不排斥的男生，可也就是不讨厌、不排斥而已，完全没有到“恋”的程度。给自己把把脉，对谭江海的感觉好像有些前所未有，好感的结论在火车上就定下了。然后就是酸酸甜甜的期待和牵挂，一切都那么自然而然顺理成章。等待的焦灼像是有一百万只蚂蚁在心头爬呀爬，这体验，从未有过。

我掏出小本本，上面有谭江海写下的他家里的电话号码。“打吗？”我问自己。“打吧。”我心里的一个小人儿说，“拜年电话嘛，很正常啊。”“不打！”另一个小人儿说，“女孩子要矜持，这是原则问题！”思前想后，第二个小人儿赢了。是你的，你就放开他，他会来找你的。不是你的，抓得再紧，他也会挣脱。

正月初三早晨,电话响了,睡眼惺忪的我摸起电话听筒:“喂？”

“您好,我找王小骞。”穿越了电话线的声音陌生又有一点熟悉。

“我就是，您哪位？”工作电话般的回答。

“我是谭江海。”

嘿嘿，你还是来了。我脱口而出:“你不是说大年三十打吗？”

对方马上紧张起来，变得有点结结巴巴：“我们全家没在济南过年，我来武汉我姥姥这儿了。呃，那个，没有票了，就……就只有大年三十的票，三十儿我在火车上，就……就没法打……”

我意识到自己的咄咄逼人，赶紧说:“没事没事。过年好啊！”

“过年好过年好。”

然后，就陷入了沉默，长长的沉默。我们都不知道该说点什么了。十九岁的少男少女，没有掌握“过来人”的技能，可以假扮自然地没话找话;两个互有好感的生瓜蛋，都有些失了方寸没了主张。

牵挂，让他们拿起了电话；羞涩，让他们放下听筒，慢慢来。

我承认我是心机女孩儿

有人问我，你和谭江海谁追的谁？我答，不知道，好像没有谁追谁。发问者通常都不相信，不可能，总会有人主动有人被动。从以上经历判断，您认为到底谁追谁？反正我是判断不出来。也许，年少时的我们俩就是恋爱界的两朵奇葩，没有谁追谁，没有捅破窗户纸的过程，就那么心照不宣地走到了一起。

不过，最初的测试是有的。我测试他。

大学的到课率是可怜的，尤其是在阶梯教室的大课。懒洋洋的同学们稀稀拉拉地坐在教室里，后面几排座位几乎全是空的。这样的课是我进行“好感度”测试的绝佳时机。上课前我是不进教室的，耗着，等大家都坐定了，我才进去直奔空着的最后几排，挑一个前后左右都没有人的座位坐下。

测试开始：一、谭江海一定会比我晚进教室。二、他一定会找一个临近我的座位，似是很不经意地问我一句："有人吗？"我也不经意地回答："没。"然后，他就坐下了。有几次，我换思路，不去最后几排，而是去最前排——最前排通常也没人坐——老师眼皮底下睡觉总是不合适的吧。

再次测试：一、谭江海进教室习惯性地看后排，发现我不在，脸上掠过一丝不解。二、继续扫描，发现我在前排，不解消失。三、走到临近我的座位，不经意地问："有人吗？"我不经意地答："没。"然后，他坐下。愉快的大课开始了。

心机女孩儿啊。我承认自己是心机女孩儿。可是，不从心里得到确认就傻傻往前冲就是对的吗？像扑棱蛾子一样飞向火苗明智吗？我总觉得，女孩子要懂得留出空间让心仪的男牛追逐和表现，雄性的本能会很享受这样的过程。等我的女儿长大了，我会跟她说："宝贝，女孩子要学会矜持，喜欢一个男生不可以太主动。你如果真的喜欢他，就想办法让他也喜欢你，让他来追求你。"

测试进行得很顺利，我们也因为与同学们的集体活动而相处渐渐多起来。

我的室友刘云丹是个重庆姑娘，寒假返校带了几包555牌的火锅底料。结成块状的牛板油被花椒、麻椒、辣椒包裹着，硬邦邦的一大坨。我的家乡青岛在饮食上比较清淡，以小海鲜为主，做法清秀，无非水煮或少油烹炒，冷不丁看到用料下手如此狠，形态颜色如此刚猛浓烈的火锅底料，惊诧之余，我很是怀疑这个东西是否能吃。刘云丹同学无情地嘲笑了我："你是不是傻呀？不是直接吃这个！"她去广院西街的小市场买来了午餐肉、鸡肉、猪肉、猪血、土豆、粉条等一大包东西，在我们班主任延安老师的单身宿舍里点起了电炉子（学生宿舍是不允许用电炉的）。电炉子上的小锅里，牛板油遇热熔化，化成一大锅红汤，继续加热，红汤沸腾起来，咕嘟咕嘟冒着玻璃弹球大小的泡泡，前面的泡泡刚炸裂，新的泡泡又冒出来。空气里飘着令人蠢蠢欲动的香辣味道。刘丹云同学说："下！"估计大家都不明白"下"什么，呆呆地不动。她手脚麻利地依次把猪血、鸡肉、午餐肉什么的下入红汤，拍拍手上的水兴奋地说："待会儿就能吃了。"我都看傻了，世界上还有这种吃法！这是我人生第一次吃麻辣火锅，直惊叹世间还有如此刺激的过舌难忘的麻辣鲜香。这也成为我和谭江海保持了很多年的餐饮首选。

吃完火锅从延安老师的单身宿舍出来，自然而然地我和谭江海就走在了后面，与别的同学保持着一段距离。后来，他会找个理由来女生宿舍传达室呼叫我，我也会就坡下驴、顺势而为地跟他去操场走走，刚开始的对话通常是我问"找我有事吗"，他说"也没什么事"。就这么咸一句淡一句地向操场走。

禁区中的初恋很是青涩。

那时候广院是有试读期的——大一。如果在大一期间表现特别不好，学校可以把你退回原籍，同时取消广院的学籍。这“表现不好”中就包括谈恋爱，历史上有师兄师姐因恋爱谈得动静过大而被劝退过。大一谈恋爱是禁区，主管这块禁区的就是党总支书王克瑞老师。现在广院应该没有这规定了吧？如今在校大学生结婚都是被允许的，只要到了法定年龄。

有一天晚上，我们俩坐在操场的看台上聊天，春天的风拂过操场边杨树的树梢，沙沙作响。一个话题结束之后，短暂的沉默，我忽然玩心大发，突然挺直上身，表情僵硬双目圆睁，恶作剧地大喊一声：“王克瑞！”本来坐着的谭江海噌地弹跳起来，惊慌地问：

“哪儿呢？哪儿呢？”我哈哈大笑起来。心想这反应也太大了吧！谭江海意识到我在逗他，先是有点尴尬，然后也笑起来，边笑边把手揽在我的肩头，一把将我拉入他的怀里。

我的校园恋情，开始了。

你不要我就扔

谭江海是一个“慢”人。什么事都不着急，特别沉得住气。往好里说,是有定力;往糟里说,是有拖延症。而我呢,我是个“快”人。什么事都喜欢干脆痛快,不爱拖拖拉拉。往好里说,是效率高;往糟里说,是急躁。这一快一慢碰到一起,还真是有点让人起急——当然是我起急。

大一寒假结束，我从青岛带了一条宏图香烟——在火车上的时候他说青岛的宏图香烟特别好，我说我给你带一条。开学时，我带着香烟回到北京，他却不来找我拿。他不提，我也不问。一个月过去了,我这个“快”人沉不住气了,在教室里对“慢”人说:“哎,那条烟再不拿就长虫子了，你不要我扔了啊。”您可能会问，怎么那么费劲，你就拿到教室直接给他不就得了？不不不，那可不行，分裂出的那个矜持的我又跳出来，我一个女孩子，怎么能上赶子送男生礼物？俗话说得好，上赶子不是买卖，对不对？我的直脾气一上来也是没谁了——爱要就要，不要就扔！

谭江海可能感觉到我的小情绪，不再客气和推辞，当天下了课就来女生宿舍传达室呼叫我，我把香烟递给他，他不好意思地说了声："谢谢！"

女生宿舍前的著名景点"望春亭"里，有人抱着吉他正独自忧愁吟唱，有人脸偏向一侧看着天，傲娇如公主一般，另一个人正面如死灰急赤白脸地苦苦解释……

谭江海揣着宏图香烟，顶着涨得通红的脸，从望春亭边上疾步快走，步伐凌乱。

嘿，小伙儿，慌什么？

这位帅哥身上的毛衣是我用逃课时间织出来的。
从前的日色变得慢，一生只够爱一个人。

幸好没有与你跑散

我们的校园爱情出问题了。

一开始，特别美好。我们一起上课，吃饭，一起去景山去北海去天坛，我们有说不完的话，他总是能让我捧腹大笑，我笑时他就那么不说话地看着我，眼睛里都是满满的欣赏和欣慰，大概心里也在为自己完成了一天逗笑我三次的指标而开心。

上课时，他会开小差，在他的牛仔裤的右膝盖上写一个大大的“骞”，空心的美术字，宋体。同学们看到会嘲笑他，他不辩解，只是憨憨地笑。他包容我的坏脾气，从不与我计较——那时候我的脾气可真坏呀，总是在为一些鸡毛蒜皮的小事生气。“来宿舍找我为什么晚了整整两分钟？”“我不爱吃明月肉（广院食堂名菜），不是让你买烧茄子吗？没听见啊你？”气势汹汹，咄咄逼人。他不急，息事宁人说下次不了一定注意，有时候会顺手摸一下我的头笑着说：“别生气了，哪儿来那么大的脾气？”

记得大一那年仲春时节，我决定去考英语四级——大学生毕业时都要求通过英语四级考试，早晚都要考，干脆早早地考过了心里踏实。我用了两个月的时间备考，每天谭江海都会去图书馆帮我占座位，而且每天都会在晚餐后陪我一起去图书馆。我复习英语，他在旁边画小人儿——他曾经学过美术也报考过美院，专业成绩非常好，但最终还是上了广院播音系，不得不说，缘分哪！

谭江海的美术功底让他“承包”了教室的艺术墙。

那两个月，我每天晚上至少在图书馆复习两个小时，他就陪我两个小时，画我，画旁边的同学，都画过了就描他膝盖上的“骞”字。有时候我说：“你回吧。”他说：“不。”然后埋头继续画，很勤奋的样子。其实，我知道干巴巴坐在鸦雀无声的图书馆里对他来说有多无聊，画小人儿只是在打发时间，可是，他就是不走，就要陪着我。这种坚决的态度让我获得了前所未有的安全感。我不再坚持让他走，踏踏实实地一头扎进书里。

两个月后我顺利通过了大学英语四级考试，原本想趁热打铁，把六级也考了，可是想到谭江海又得陪我去图书馆枯坐，实在于心不忍，于是作罢。

宽容、真诚、幽默，我暗自数着他的优点，和他在一起的我那么放松、舒服、毫无压迫感，不必斟词酌句、小心翼翼，觉得每一天都暖洋洋的……

一切都这么美好，出什么问题了呢？

象牙塔里的爱情终究是要经历现实考问的，谁也躲不过。我和他，一个来自青岛，一个来自济南，并无什么先天的条件可以让我们轻而易举地留在北京。假如一个留京一个外地，那又如何保证本应该耳鬓厮磨的感情不生变数？我从不相信异地恋，距离产生美，但距离也产生不安，短暂的分别可以，长期的异地而居必会导致分手。我铁了心要留在北京，我希望他也能和我一起留下来，为此，我们两个外地生必须要拼，要为了留京这个目标去做准备，无论是专业还是人脉。大学期间，我抓住一切可以抓住的机会去电视台和影视公司实习，往返三个小时也许只是配一条十几秒的画外音，但是我愿意去，我愿意去了解电视节目的制作流程,去了解电视台的运转模式。渐渐地,找我去试镜的节目多了，愿意让我做主持人的节目也多了，大学期间我担纲主持过北京电视台的《东芝动物乐园》《乐海流连》，也在中国教育电视台做主持人。每一次机会我都全情投入，一来锻炼自己还很青涩的业务水平，二来也想让老师们记住广院播音系的这个在校生，或许有机会的时候可以想到我？

我这一边,忙忙碌碌,上了发条一般筹划着未来。他那一边呢？

前面说了,谭江海是个“慢”人,不紧不慢。他完全没有紧迫感，我跟他说的什么留京的难度啊，异地的不现实啊，他都左耳朵进右耳朵冒了。我口沫横飞晓以利害，也许话音还未落，他就兴味盎然地说：“周末咱们去景山照相吧？”沟而不通的次数多了，我灰心起来，心想这可怎么行？四年一眨眼就过去了，四年后的未来怎么办？再加上些其他原因，终于有一天，我们分手了。

那是个冬天，阴沉的冬天，我去男生宿舍楼下喊他，我们沉默地走在校园里，我不知道该从何说起。走着走着，我的眼泪掉下来，我不想让他看到，偏过头去偷偷地擦，可是擦不干，大颗的泪珠不断涌出来。我强压着哽咽，费力地说：“要不，我们分手吧。”

没有回应，我站定，看他，也已满脸是泪。他安慰我："你不要自责，都是我做得不好，是我不好。"四目相对，泪眼迷蒙。

"都什么时候了，他还在安慰你。是你要分手的，他不仅不说难听的话，还在安慰你、责怪自己。王小骞，你是不是做了一个错误的决定？"心里的小人儿在对我说话。是啊，我是不是错了？否则，我为什么没有说完分手后的轻松，反而有一种自己和自己分离的撕裂之痛？眼泪，漫延开来的眼泪吞噬了我们，在阴霾的冬季的校园。

后来的那段日子，我仍然忙忙碌碌，奔波在学校和各电视台、各影视公司，拼尽全力。偶尔会听说，谭江海变了，他也开始去电视台实习，上课加实习忙得不亦乐乎，连寒暑假都不回家，用尽可能多的时间接近并熟悉电视台的工作。我还听说，他过年的时候在宿舍里偷偷用电炉子为其他也没回家的同学做了一桌子"年夜饭"，这真的令我惊讶，我们在一起的时候他甚至连油菜需要择了再洗都不知道，让我这个十几岁就能给全家人做整顿饭的人大为不解，当时我挺严肃地说，你的生活能力为零啊！可现在，他怎么可以独立张罗年夜饭了？我深感怀疑，但据吃过的同学说那顿饭还可以，能吃。

他变了，变得积极主动地思考未来，变得用行动去接近留京的可能，变得"快"起来。这不正是我所期待的吗？这些变化，与我有关吗？我不确定。

有一天在教室上课——那时候我们早已不再坐在一起，我在最前排他在最后排。我偶然回头，他正看着我，看样子是看了一会儿了。目光相遇，他并没有掉转视线，仍然微含笑意地看着我，就像以前看我被他逗笑时的样子。正在我不知所措的时候，他用唇语说了三个字。我心头一震，慌忙转回头，镇定了一下，我决定给他写一张小字条："你刚才说的是以前常常对我说的那三个字吗？"交给我身后的同学，很快，同学碰了碰我的后背传回他的小字条，上面工工整整地写了三个大字和一个惊叹号："我爱你！"我伏在课桌上，任眼泪决堤。

很快，又要过年了。我们班包了学校后门外的一个小餐厅"燃东"。以前我们俩经常在"燃东"吃饭。或者在景山公园，或者在北海，玩了一下午回到学校附近，他都会很饿，我们会点一个宫保鸡丁、一个水煮肉片、一碗酸辣汤、两碗米饭，他会吃得很香，一边吃一边流汗，临了还会问我："你的米饭吃得了吗？吃不了给我。"我把剩饭给他,他再开始一轮富有感染力的香香的吃。那时，我很喜欢看他吃饭，他吃饭有幸福的感觉，吃完，心满意足地拉着我的手溜达回学校。再来"燃东"，恍如隔世。

新年聚会，最初他没有来。我和几个女生坐在"燃东"的内厅里有一搭无一搭地聊天。十点多,他来了。同学们像商量好了似的，都起身去外面的小厅了，屋里只剩我们俩。空气凝固在那里，我不知道该如何打破僵局。谭江海先开口："我去小姨家了，所以来晚了。""噢。"空气又凝固了。过了一会儿，他从皮衣的内兜里小心翼翼地掏出一个塑料袋，说："我没什么钱，给你买了一袋草莓，因为草莓是心形的。"边说边把草莓捧到我的面前，我接到手上，隔着薄薄的塑料袋，草莓纯正的红色透出来。泪珠无声滑落，打在塑料袋上噼啪作响。打那开始，我最喜欢吃的水果就是草莓，没有之一。

我确认，我错了，我做了一个错误的决定，我要修正！

谈恋爱，究竟在谈什么？花前月下卿卿我我自是不会少，可仅仅是这些吗？我的身边多见恋爱没谈好就贸然结婚的夫妻，在花前月下卿卿我我之后，在长久的相处之中，一些问题浮出水面，日积月累，不可调和。不同的价值观，不同的兴趣爱好，不同的对待金钱的态度，不愿意为对方做出改变的执拗，等等，让婚姻风雨飘摇，让自己失去幸福感。

而我是幸运的，我和谭江海在大学期间的恋爱，因涉世未深而格外真诚，因经历且度过了一波三折的考验而格外牢靠。我们有趋同的价值观，对人、事、物的看法基本一致；我们有趋同的兴趣爱好，互相影响之下，自己喜好的列表里又添加了对方的，好奇心和开放的态度让乐趣加倍；我们有趋同的对待金钱的态度。大学时我们是两个穷学生，没有钱，但是我在他身上看到了未来要努力赚钱的意愿以及能力，也看到了他对金钱不锱铢必较不吝啬的大气。更可贵的是，他愿意为了我，或者说为了我们的感情而走出自己舒服慵懒的心理疆界，放弃执拗，努力改变。

幸运如我，人海中没有与你跑散。

再后来，我向他道歉，承认自己犯了错，请求他的原谅，希望回到从前。他高兴极了，喜悦让他的脸庞发亮，连声说：“好，好……”又说，“你不用多想，别因为这件事就有顾虑，不敢发脾气了，咱们还像以前一样该怎么样就怎么样。”怎么可能？我怎么可能那么没长进？还像以前那样臭脾气？不不不，为了我们共同的未来，他可以改，我为什么不行？

我和他，1993 年相恋，1999 年结婚，结婚 17 年，在一起的时间有 23 年了。说出这一串数字我自己都感到震惊。生活，厚待于我，让我这个极度缺乏安全感、有着众多性格瑕疵的人遇到了他。他就像一大缸温热的洗澡水，就那么暖暖地环抱着我，不躁不急不温不火，刚刚好，让我无比松弛地沉醉其中。

爱情，是什么？

把一颗维生素C泡腾片投入一杯清水，泡腾片吱吱作响，升腾起许多小泡沫。维生素C泡腾片和一杯清水，热烈而急切。这应该是爱情的最初——激情。慢慢地,化学反应过去了,泡腾片消失，水杯里归于平静，一杯清水变成了富含维生素C、沁人心脾的营养剂，这应该是爱情的中间段落，该瓜熟蒂落了。你拿起水杯，喝掉里面的液体，酸酸的甜甜的，滋养着你，让你获得了更多的营养和免疫力。你心里说，真好，少了这维生素C水还真是不行啊。这应该是什么呢？是美好的爱情赐予我们的长相厮守的信念吧？

亲爱的，人潮人海中，我不想与你跑散……

记流离的青春

大学毕业后，得偿所愿，我和谭江海都留在北京，他被分配在北京电视台，我被分配在中央电视台。两大台都有单身宿舍。

先说说我的单身宿舍吧，台里的单身宿舍楼早已住不下了，我们被安排在“台北一条街”的小旅馆。所谓“台北一条街”，是中央电视台老台址北侧的一条小街道，真名叫“柳林馆路”。电视台的人没正形，几乎从来没人叫它的真名，别号“台北一条街”倒是人人知道。

台里出钱长租了街上的“新大旅舍”。听听这个名字，真是怀旧到一塌糊涂啊！两排平房，两人一间，每间 $15m^2$，房间里有暖气片但从没热过，冬季必须盖两条以上的被子。那里有一个旱厕。

旱厕就是屁股底下有一条深沟，方便时两只脚分别踩在深沟的两边，极为复古和原生态。可想而知，起夜是多么艰巨！冬天起夜尤其需要毅力，“穿戴整齐，一溜小跑，保持清醒，切勿跌落”是我的十六字诀。冬季起夜后，头脑经过彻骨寒意的光顾已经清透到可以进行论文答辩，睡意全无；夏季起夜的考验，则是高温之下旱厕里的气味和蚊子的热情亲吻。

“新大”的原生态，除了如厕方式，还有和我们共处的小生灵们。夏季雨后，我亲眼见过院子里跳跃着蟾蜍，俗称癞蛤蟆，它们好像并不怕人，倒是它们的突然启动，会把女生吓一大跳。要知道，蟾蜍的保护色是极为逼真的，土黄色的皮肤像极了雨后的泥地，身上大小不一凹凸不平的疙瘩像极了泥地上的小石子或土块儿，它们趴在泥地上谁也不会注意到，冷不丁一大坨“泥块”跃起飞到半空，谁不激灵一下？

台里当时一定是想不出好办法，单身楼人满为患，又没有新楼可以启用，只好让我们这些刚入台的员工就近住下了，至少离台里近呀，“台北一条街”嘛。

北京电视台的宿舍就在台里，不是旅舍，也不是平房，是地下一层。

我去过一次，像大学宿舍一样，上下铺。当年同时分入北京电视台播音部的除了谭江海，还有我们同班同学、现在在《新闻联播》的主播郭志坚，他们俩大学就是室友——头对头的上铺的兄弟。毕业后，变成了下铺头对头。

地下室很潮湿，屋里有一台除湿机，彻夜不停地工作。听说曾经有一名不靠谱的室友，晚上喝多了，往除湿机上撒了一泡尿，除湿机短路了，想想都替他后怕，幸好只有除湿机短路，他没短路。

在各自的单身宿舍住了大约半年，我和谭江海决定，不给组织上添麻烦了，我们自己租房子吧。

托“前辈”的福

租房子的决心已下，可是去哪里租呢？那时候的房屋中介并不似现今成熟而发达。被中介骗的传闻时有听说。我们决定还是打听熟人吧，知根知底的，不会出什么问题。写下这句话的时候，当年的我在暗影儿里捂嘴偷笑。

很快打听到了，是谭江海的同事。人家两口子新居落成，要搬家了，可以让我们住他们搬离的房子。印象中的“前辈”同事温文尔雅。他对我们两个小山炮说：“没事，你们就住你们的，房东那里我都替你们说好了。”太好了！交了房租，并应“前辈”之好心，“重金”买了他们留下的家电——电冰箱、轰隆作响的窗式空调和时不时漏电的洗衣机。我有些不情愿买下这些东西，可是碍于“前辈”、熟人的情面，也没好意思拒绝，再说，也许人家是好意呢，前辈说了：“搬过来就有得用，多方便！”

火速搬了家，像两只小蜜蜂一样欢快地忙碌着。至少，是地上；至少，是楼房；至少，不是旱厕。收拾冰箱的时候，发现前女主人的一支崭新的Dior口红，我用塑料袋装好，让谭江海交给他的同事，这小便宜咱可不能占。

收拾停当，住下来，好开心啊，纵然空调工作时就像飞机即将起飞，震耳欲聋，纵然洗衣机间歇性发作漏电的毛病，纵然小小的客厅的墙上有生鸡蛋抛掷上去被打碎后蛋液喷溅的污渍（不是我们搞的，不知是否曾经爆发过鸡蛋大战），但是一切都真的美好，这是我们用自己的双手打造出的家的雏形！

可惜，好景不长，在那里住了没几个月，突然有一天，有人敲门。开门一看，是一位陌生男子。他看到我们甚是诧异，没好气地问：“你们是谁？谁让你们住在我的房子里的？”

后来？没什么后来了。刚才说了，我们是两个山炮。真房东来了，让我们限时搬家，我们就屁滚尿流地搬了。有没有去找“前辈”问个明白？没有。都是熟人，又是同事，去问人家为什么没有像之前承诺过的与房东说明情况、征得人家同意，总觉得这像在质问“前辈”，不好意思伤人家的面子，算了算了，搬吧搬吧。

这张照片跟随我们转战三个租屋，成为遮挡墙壁污渍的神器。竣工时轰动女生宿舍。

“早知道是这样，我就不还那支口红了，颜色还挺好看。”我赌气地想。

“吃亏是福。”谭江海说。

筒子楼惊魂

朋友多了好办事，限时搬走并没有难住我们。很快，谭江海的另外一位同事给回话了，并且亲自带我们去看房。这次，是一房东，不是二房东，我们看到了房本。其实，只要是房东本人出租，看房与否对我们意义不大，毕竟我们已经是火烧眉毛，箭在弦上了呀。

又一次火速搬家，住了下来。

这是一个筒子楼，每一层楼道的两侧尽头各有一扇小窗户，从窗户透进的光洒在狭长狭长的楼道里，不足以覆盖整条楼道，即便是大白天，楼道里也幽幽的，透着一种诡异的神秘气氛。

住了大约一周，有一天早晨我被一阵含混的叫声惊醒，仔细分辨，似乎有人在喊："帮帮忙，帮帮忙……"好像还有撞击铁门的声音。这虽然是筒子楼，每层有差不多二十多户，但平日里还算清静，是什么人在喊？我犹豫了一下，还是起身下床，打开房门。

我房间的正对面，木门大开，铁门紧锁。一位骨瘦如柴的老太太在使劲地摇晃铁门，掉光牙齿的嘴巴在努力地喊："帮帮忙，帮帮忙……"

阳光是从她的身后照射过来的，逆光勾勒出老太太瘦小的身形和蓬乱的白发。我赶紧开门出去，站在她的门口，问："您需要帮什么忙？"老太太没有回答我，只是定定地看着我。

离得近了，我闻到一股酸腐的味道，也是因为离得近了，我得以看清楚——她的皮肤灰白，没有一丝血色，是那种长期没有接地气没到户外晒太阳的、缺乏大地和阳光滋养的白，像是蒙了一层锈，灰暗无华；头发爹着，久未修剪，同样没有光泽，锈锈的；一双眼睛很大，凹陷着，眼底混浊，黑眼球也呈现一种失神的灰色。她定定地望向我时，让我感到害怕和不自在。老太太很瘦，只穿了短裤的双腿非常细，膝盖打着弯站立在门口，又让我有些心疼这位老人，她看上去快站不住了。

“您需要什么帮助？”我又问。老太太似乎回过神来，语气坚定地对我说：“你往后退！你不要过来！”我本能地照她的话做了，往后退了两步，又问了一遍有什么要帮忙的。老太太不理会我，语速缓慢，自顾自地说起来：“他们要我的房子，我不给他们。我不让他们来，我的房子，我不出去，我要死在这里……”她的声音因失了底气而显得缥缈，像是从很远的地方发出来的，更像是从另一个时空发出来的。

她的目光如炬但又十分空洞，望着我的方向，我可以肯定，她并没有看我，她说话的对象不是空气就是她自己。说着说着，她激动起来，双眼圆睁，混沌的双目愈加亮愈加空洞，怒气让她的头发直立起来。灰白瘦削青筋暴露的双手再次抓住铁门用力摇晃，被锁住的铁门和门框对撞起来，发出哐哐的声音。

一股凉气嗖地蹿上我的后背，我慌乱地说：“奶奶，没事儿我先回了，那个，要是有事就叫我……”回到房间，关上门，我惊魂未定。老太太并没有因为我离开而停止说话和摇晃，她还在重复刚才的内容。

后来，住得久了，才知道，老太太有个独生子，还有孙子，可是她总是怀疑儿子要霸占她的房子，拒绝搬去与儿子同住。无奈，每个星期，她的孙子会给她送来一大包吃的喝的，探望一次。但是她不允许孙子待多久，也拒绝下楼去走走——她要时刻看住她的房子。几年下来,她瘦骨嶙峋,肌肉萎缩,但是脑子一直固执地“看家”，防人如防洪水猛兽。

别人的家事与我们无关，只是，每个星期不定时地，老太太都会在清晨或黄昏用力地摇晃铁门,凄厉而含混地要求“帮帮忙”，而每次我去回应她，都会被她喝令后退，然后听她宣讲儿子的“阴谋”。尊老爱幼的道理,我懂。听一位老人“诉苦”我也能做到,只是，这位老人不太一样，她的眼神、她的语言、她的行为总是会让我不自觉地感到头皮发麻、不寒而栗。心想，要不还是搬走吧。

后来发生的一件事和听说的一件事，让我彻底下决心，必须搬家。

那是在世界杯决赛的时候——1998 年法国世界杯，决赛对阵双方是法国队和巴西队。比赛是在北京时间的凌晨。那天有雷阵雨，就在比赛进入下半场的关键时刻，狂风大作，随后一个大炸雷滚滚而至。正在看球的我们听到清脆的一声咔嚓，我们面面相觑，一时分辨不出是什么发出的声音，在这凌晨三点的雷雨之夜。互看几秒之后，我和谭江海不约而同地蹿向阳台，探头一看，楼下的一棵大树倒了，正好砸在一辆车上，那辆车的前挡风玻璃和车前盖已经碎的碎、瘪的瘪，一片狼藉。而这辆倒霉的车所停的位置，恰好就是我们平日里停车的位置，假如今天不是这辆车先停在那里，那么现在面目全非的必会是我们珍爱的“小白”。该庆幸？还是该后怕？

听说的一件事更邪乎了。隔的年头久远，已经想不起来究竟是房东还是邻居无意间提起的了。听说，我们租住的这套房子，以前住的是一个飞檐走壁的江洋大盗，他住在这里的时候除了床几乎没有别的家具，为的是留出足够的墙壁空间让他练习攀爬绝技。此人现在已经服法，关在监狱里云云。说这番话的人为证明他此言不虚，还说，不信你们可以看看墙面，以前墙面上被他钉满了铁钉，他就用这些铁钉来练习飞檐走壁的本事。听说了这件事后，我真的趴在墙上找过，虽然墙壁已经修葺粉刷过了，但确实是有些痕迹，虽然不明显，但的确有。

我的头发全竖起来了，几乎崩溃，恨不得立时三刻就搬走。

白描一下当时的景况：昏暗逼仄的筒子楼，家对面住着一位时不时就要发作的面目可怖的老妇人；周边环境杂乱无章，停个车都时时有被砸的危险；屋子的上一届主人是个惯偷，还把这间屋子当训练营，像只苍蝇似的趴在墙上反复练习逃遁技巧。

这屋里屋外，还能待吗？搬！

婚在盘丝洞

吃一堑，长一智。

关键在于长智。假如总是吃堑却不长智，那就真的是智商问题了。

在租房的问题上，我们先吃一堑——没有要求直接见房东，第二次租房便长了一智——见到了真正的房东。第二次租房，又吃一新堑——没有考察房子的周边情况及房子的“历史”，第三次租房遂长一新智——必须找靠谱的小区和靠谱的房子。

人呢，就是在不停的“吃堑”和不停的“长智”之中成熟起来的吧。短短不到一年的时间,两个山炮已经开始蜕变,可喜可贺，双手合十。感谢生活。

这一回，我们找到了一个历史清白的房子，找到了一个安定祥和的小区。

谭江海的同事再次发挥了重要作用。写到这里，我才第一次发现，我们平生的三次租房都与他同事有关，由衷地说，北京电视台真是一个互爱互助的大家庭啊。

这次租到的房子，靠谱到不能再靠谱了。坐落于北京电视台的后面，步行仅需两分钟，那栋楼本身就是北京电视台的职工宿舍。楼下有小花园，桃红柳绿。有人抱着小孩儿幸福地晒太阳，车位都用白漆规整地刷出来，小区门口有保安值班，心情好的时候，我开车通过闸口时他还会敬个礼。对嘛，这才是个小区该有的样子！

再说说房子。

一室一厅，虽是暗厅，但无大碍。关键是历史清白，邻居靠谱。房子一直是租给北京台的年轻同事住，绝无不良记录。邻居一水儿的都是同事，无端撞门的事不会发生。

一块石头落了地，可算是在租房的歪门邪道上刹了车转了向，一切步入正轨了。

房东是个甩手掌柜，也是个敞亮人，上一任房客走了，留下些乱七八糟的东西，墙壁也已经乌漆墨黑了，他没理会，跟谭江海说："小兄弟，这个房想住多久住多久，想怎么装修就怎么装修，全随便！"

得嘞！两个从没涉猎过“装修”领域的不那么山炮了的小山炮又铆足了劲，开始“吃一堑，长一智”了。

那个小区真的是个宜居的处所。下了楼就看到几个人坐在马路牙子上聊天，身边放了个纸箱子板，上书“装修”两个大字。真是想啥来啥！谭江海经过接洽，当天就搞定了“装修”事宜。据他后来转述，大体经过是这样的：他走过去，问：“哥们儿，装修？”答：“对。装修。”另一个人在马路牙子上掐灭烟头问：“想怎么装？”谭江海答：“刷墙。”在他当时的认识里，装修就等于刷墙。一个人接话：“刷墙没问题，刷什么？”可能看谭江海一脸茫然没什么反应，他又启发道：“大白？”谭江海连忙接话：“对对，大白，就是刷大白！”就这样，三下五除二，前后一分钟便达成了关于装修的口头协议。当天下午，“大白”就到位了。

下了班，我来到“新”家，一股新鲜的“大白”味迎面而来，这新鲜的“装修”的味道是那么沁人心脾，令人心情舒畅。原来乱糟糟的东西都被装修大哥拿走了，原来乌漆墨黑的墙面也变成了亮眼的白色。我立刻就爱上了这个“新家”，也打心眼里佩服谭江海，仅仅一个下午就把“装修”搞定了。

你知道“大白”是什么吗？简单说，就是石灰兑水。“大白”干了以后，会很白，因而得名“大白”。“大白”的缺点是掉白粉。手一抹，一手白，肩一靠，一身白。给我们“装修”的大哥，对墙壁的底层未做任何处理，直接把石灰兑水搅和搅和就刷上了，“大白”和原来墙壁上的材质压根儿就不在一个频道，不到两个月，刷过“大白”的墙皮就裂了，尤其是暗厅里的一面墙。那面墙上什么都没有，光光的，无遮无拦之下，墙皮的干裂势如破竹，纵横恣肆，后来发展到不仅裂开，还卷边儿——开裂成一块一块的墙皮边缘翻卷开来，整面墙都立体了，呈现欲飞的姿态。有时候，我站在墙壁对面不禁发出赞叹：“这效果，想做都不一定能做出来啊！”假如你从这面墙边走过，最好轻手轻脚一点。如果你脚下生风，没准儿哪一块翻卷的墙皮会以比你还快的速度从墙上跌落下来，以粉身碎骨回应你的慌慌张张。

此次租房，我吃的堑就是——刷了大白。我长的智就是——以后决不能让谭江海负责装修！践行至今。

多年前，我和谭江海去参加英达兄在北京电视台主持的一档节目——《夫妻剧场》，在访谈中提到了我们曾经租住的这个房子以及开裂卷边儿的“大白”，英达兄把这个房子称为“盘丝洞”，而我们俩则是盘丝大神。谈笑间，我觉得这个比喻甚是传神。那开裂卷边儿的“大白”墙壁确实有野兽派的风采。

在“盘丝洞”，我们安定下来，住了两年多。在“盘丝洞”，我们向着自己事业的目标进发、低头弯腰爬坡，疲累时互相搀扶一把，沮丧时互相倾吐一番，一个人的疲惫和沮丧怎么可能比两个人的力量还大？在“盘丝洞”，两位盘丝大仙成为结发夫妻，从男女朋友到老公老婆，约定向一辈子的风雨进发。

曾经，我有一个想法，就是依着我们记忆中的样子，把我们的单身宿舍，把我们先后三次租住过的房子，全都用钢笔素描的形式画下来，然后用小镜框镶起来，挂到我们人生第一次买来的房子里，那么一共是五张，好事成双，第六张应该是什么呢？应该是我们在自己真正的家里，不必担心被人限时搬离，不必担心有离奇事件，不必担心夜半有墙皮坠落。什么都不用担心。万籁俱寂，月上柳梢，两个小人儿酣然入梦，踏实、妥帖……

内心笃定才能到永远

我和谭江海在“盘丝洞”结婚了，裸婚。结结实实的裸——没有房子，没有钻戒，没有婚礼，没有婚纱照，没有蜜月旅行，几乎什么都没有，仅有的是我们各自为对方买的礼物。我偷偷算过，我送他的礼物比他送我的礼物贵两千块，所以，如果单算这笔账的话，我是“倒贴”着出嫁的。看过一部好莱坞电影，片名刚好形容我结婚时的状态——“正面全裸”。

放在今天，似乎是不可思议的事。仪式是人生中重要的记忆点，婚礼尤其是，虽然心有遗憾，但我并没有对谭江海心生怨恨。一句话：我乐意。

我的闺密曾经为我鸣不平：“什么都没有，你太草率了，就这么嫁了。”

是啊，哪个女孩子没有在心里想象过自己的婚礼？连一根如来佛祖的灯芯——紫霞仙子都曾幻想：“我的心上人会踩着七彩祥云来娶我。”我小的时候也想过，想过自己披上洁白的曳地婚纱——一定不能租，而是要量身定做，手捧凝着水滴的花束，缓缓地走过亲友让出的通道，在无数充满祝福的眼神里将自己交给心上人。可惜，没有实现；也不可惜，因为不是出于无奈，而是自然而然。

一天，谭江海回到“盘丝洞”，对我说：“我们台要分房子了，咱们领证吧？”

我说：“行。”

“还办仪式吗？”

“算了吧，麻烦。”

过了两天，找了个都有空的时间，我们就领证了。

领证的当天有个插曲，谭江海不慎踩到了狗屎，特别懊恼，在马路牙子上刮了半天鞋底。“娶了我，你算交上狗屎运了。”我心里暗笑着解读。

我们就这样结婚了。一切看上去都过于随意和不重视，有那么点不可思议——婆家和娘家也都没什么买房子或者办婚礼的想法，加上我们两个当事人嫌麻烦犯懒，所以也就一切从简，约等于零了。遗憾归遗憾，但我打心眼里没有嫁得草率的想法。

拥有房子、婚戒和仪式的婚姻自然是好，然而这些只是锦上之花，无锦也是枉然。所幸我们感情的锦缎已织了6年，花嘛，日子长着呢，我们慢慢绣上去。

找伴侣要看重什么呢？容貌？身高？财富？地位？过来人也许会告诉你，这些在经年累月的婚姻中都不是最长效的。再完美的长相和身高，看的时间长了也几乎感觉不到了。财富和地位有来有去，况且我们真的不是与财富或地位过一辈子，毅然放弃对方的财富和地位而选择分手的大有人在。那到底什么才重要呢？有智慧的过来人会告诉你：性格。

性格包罗万象：脾气秉性、待人接物的方式、价值观的走向、是否上进、如何处理分歧矛盾、对感情是否怀有信念，等等，都是性格的组成。感谢上天的安排，我找到了“好”性格的他。他，温和宽厚待人真诚，总是顾及别人的感受，勤奋上进绝对是一支潜力股，出现分歧他会让着我不会热暴力（吵架）也不会冷暴力（不理我），他对我们的感情怀有执念——要和这个叫王小骞的人白头到老相伴终生，而且他诙谐幽默时常让我捧腹大笑。我自问，王小骞，你还想要什么？你的心上人已经踩着七彩祥云来娶你了，你还不快

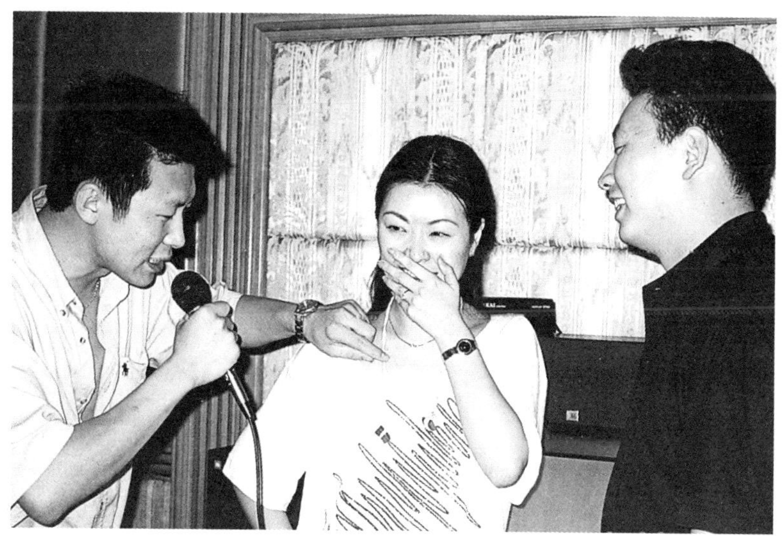

我们请了半天假领了结婚证，同事坚持给我们举行仪式，于是就有了桌布当盖头的“婚礼”。

快随他去?

他的好性格让人跟他待在一起时非常舒服，不仅是我，而是所有人。不久前看到一篇文章，标题是“让人感到舒服是最高情商的境界”。没错，是这个意思。

他的好性格滋润了我也打磨了我，平顺地打磨了我。

谭江海不是一个好为人师、咄咄逼人的人，但这并不代表他没有自己的看法，他会以他的方式影响别人，比如我。我是一个有毛刺儿的人，长着反骨，不喜欢硬邦邦的说教。早年间，谁越要教训我，我就越要反其道而行之，可我也并不是听不进去别人的劝诫，只要对方让我心悦诚服，比如他。

我记得多年前他曾经给我讲过一个小故事，这个小故事在网络发达的今天早已被朋友圈刷烂，可在多年前，他讲给我听的时候，让我心头一震，受益终生：

> 一个小孩特别爱发脾气，发起脾气来口不择言，很快，朋友都被他骂跑了。小孩很孤单，又不知道究竟为什么，他哭着去找爸爸诉说委屈。爸爸给了他一小把钉子，说：“每次你发脾气的时候，就拿一个小铁钉钉在门前的木栅栏上。”没用几天，铁钉钉完了。爸爸说：“现在，每当你忍住没有发脾气的时候，就去把小铁钉拔出来一颗吧。”后来，一颗一颗，

小孩拔出了所有铁钉。爸爸指着木栅栏说："亲爱的孩子，你虽然拔出了铁钉，可是栅栏上却留下了无法修复的痕迹。铁钉就像你的坏脾气，就像你说的狠话，都会在朋友的心里留下痕迹，即使过后你后悔了，想收回来也晚了。"

点到为止，讲到这里，谭江海不再说了，我没有接话，心里却有些翻江倒海，我知道他在说我。我这个人极度缺乏安全感，从小不得不独立的成长环境让我过度保护自己，稍有风吹草动便会竖起一身的刺进入自我保护的备战状态，又缺乏处事的技巧——从来没有人告诉过我怎样与人相处，于是本能地一味用强，态度上的、语言上的。他一定早已注意到我性格中的瑕疵、我的不成熟，也知道我不喜欢被说教，如果直白地指出我的错误怕会触到我自我保护的闸门，后果将是两败俱伤，恐怕连朋友都没得做。于是，他在合适的时间用合适的方式提醒我，用心良苦！"亲爱的，我听懂了，我会改。虽然修正自我痛苦而艰难，但是，我会努力，因为你说的是对的。"我在心里暗下决心。

和他在一起的日子，他的宽以待人我看在眼里。他总会说"吃亏是福"，起初我特别不认同，吃亏就是吃亏，哪来的福？慢慢地，我发现所谓的吃亏就是宽容厚道不斤斤计较，积累下来必有福报。遇人遇事他也总是乐呵呵地先把人和事往好处想，选择信任而非质疑。时间久了，爱焦虑的我发现这办法特别好，这是一种强烈的心理暗示，所谓好心情招好人招好事，坏心情招坏人招坏事。他遇事不慌不急，我却喜欢当时就打破砂锅——问（纹）到底。

后来，我知道了“事缓则圆”的妙处，有些事，留余地给对方，腾挪之间说不定会出现转机，着急忙慌地非要当时出结论往往会把人和事逼入死角。

就这样，一天天，一月月，一年年，滴水穿石一般，他把我平顺地打磨。他把我童年时、少年时缺的人生课一节节补上，毫不夸张地说，谭江海完成了对我的性格再造。作为伴侣，他不是最帅的，最有钱的，最有家世的，但他是可以滋养我的，是最适合我的，毋庸置疑。

时常有单身的朋友为婚嫁问题而苦恼，我会请他们理顺三个问题：一、你有什么？二、你要什么？三、你有的和你要的，匹配吗？你有的，是你的客观条件；你要的，是你的愿望。两者，是否匹配是至关重要的平衡点。如果你有的和你要的相去甚远，或者连自己的条件与愿望都想不清楚，则可能上不着天下不着地，悬在半空无法落地。

幸运地，我找到了一个与我的条件和我的愿望匹配度极高的人，所以，裸婚，我乐意。况且，我有自信，靠我们俩的双手，什么车子、房子、钻戒、旅行，假以时日，小事一桩！

唯有内心的笃定，踏实才是永远。

把心愿变成礼物且不打折扣

我们裸婚之后不久，我的公公婆婆迅速在北京购买了一处房子，他们说要来北京做我们的“后勤部长”，为我们拾漏补遗。虽然他们买房时我并不知情，但当我听说了他们“后勤部长”的想法后，心里充满感动。很快，房子落成了，我和谭江海去交了尾款，拿到了钥匙。那么问题来了，房子是毛坯房，装修的问题怎么办？商量后，我们做了决定：我来装修。这个决定是有原因的：首先，公婆在济南，也不算年轻了，跑到北京装修不太现实，再说让老人吃苦受累也不合适，谁不知道装修是个体力活，还可能会着急上火。不是有个说法吗——你恨谁就让谁去装修，你想让谁不得安生就让谁去装修。其次，鉴于“盘丝洞”的教训，我是不可能让谭江海再染指装修的事宜了。除了“我来装修”的四字决定，我还做出了承诺——一定要让二老在新年之际入住新居，而且是拎包入住。

装修过公婆的房子之后，我对装修已经颇有心得，后来我和谭江海买了真正属于自己的房子。这笑容是发自内心的。

那时，还没有《交换空间》这个节目，我也并不是什么装修达人，我自己也还租住在“盘丝洞”里，以盘丝大仙自嘲。讲真话，用两个月的时间去装修一套一百多平方米的毛坯房真真是挑战到我了。何况我正处在标准的“爬坡”期，新版《为您服务》刚开播不久，而且是个每期50分钟的日播栏目，所以我每周至少工作六天——周一、周四审小片，为演播室的大串联做准备，记录下每个片子的内容以及有可能在演播室大串联中呈现的谈资；周二周五开会，收集筛选各位编导找来的资料，并构思如何将书面语言转化为口语，保证录像时能言之有物，言之有趣；周三周六演播室录像，粉墨登场，披挂上阵，必须拿出最好的镜头状态，所有的准备不都是为录像嘛。这是常规节目，如果再赶上特别节目，那这周就一天都别休息了，有时甚至是录完常规节目妆也不卸衣服也来不及换就赶场去录特别节目。那段时间，节目组的创作氛围浓厚，不间断地推出特别节目：家庭厨艺大比拼、宝宝大赛、旅游特别节目、法律特别节目，林林总总，不一而足。在这样的工作强度下，再去装修，真是累死宝宝了。

但承诺就是承诺，不可以言而无信。

抽空，约见了装修队，定下大方向：他们清工包辅料，我购买主材。这样做是接受了有装修经验的朋友的建议，朋友告诉我不能让施工方主材、辅料、清工包场，那样的话，他们会在花费较大的主材上偷工减料，同时再报给你主材的市场价，连偷工减料带以次充好，里外里你金钱受损不说，装修的材料还是差的，所以你就只让他们清工包辅料，你自己买主材，踏实。我频频点头，鞠躬致谢。

装修的大幕拉开，上演了我陀螺般连轴转动两个月的大戏。

正看片子呢，工长打来电话，十万火急："墙面漆什么时候到？现在要用！"正开会呢，工长打来电话，火烧眉毛："浴室的花砖少了三片，再买三片来，今天就要，明天瓦工不来了！"正录像呢，停机的间隙掏出手机一看，N个未接电话、未读短信，全是催料催料催料！

公婆的房子距离我的演播室大约 30 公里，我几乎每天都要在工作结束后，开着车穿越半个城，杀到他们房子附近的建材城，按照工长的“吩咐”去买料或者补料。还千万别跟他发脾气，别质问他为什么不早说要什么主材，也好让我提前准备；为什么算料算得这么不准，让我为三片花砖单跑一趟。不可以的，你要捧着各种各样的料，笑着跟他说:“来了来了，料来了。师傅们辛苦了。”因为，他们在装修的是公婆的房子，万一他们不高兴了，在房顶上、地板下埋伏点什么也未可知。我有装修经验的朋友点拨过我——高手在民间，万一被下点“咒”就不好办了。对于这一点我并不太愿意相信——出来做装修的都是手艺人，并非江湖术士。不过，既然朋友好意提醒，我照做就是了。

梦魇般的基础装修总算是告一段落，开始进入软装阶段。订家具、选灯、选窗帘。经过这次装修我才知道，软装也很烦琐。你选好的家具、灯具、窗帘都不是现货，而是要签合同下订单，等他们生产好，再约送货时间。就这个“再约送货时间”可把我整抓狂了。常常是厂家在约定送货时间的前一天才通知我改期，可是我已经为接货安排出了时间，再改日子我未必能配合——要知道电视这行是多工种配合的工作，不可能因为我一个人的缘故让所有工种在录像现场干等，这是缺乏职业道德的表现。有几次我大为光火，在电话里坚决不同意再改期，那边厢干脆挂断电话了事。到头来还是我觍着脸再打电话求人家在我相对方便的时候把货送来。唉，不回忆了，说多了全是泪。

就这样，陀螺小王疯狂地旋转在演播室、办公室、建材城、灯具城、窗帘布艺城和工地之间，眼见着荷包一天天瘪下去——装修真的是个无底洞。我跟自己说：“别小家子气啊，他们是你老公的父母，你爱你老公就要爱他的父母，这是正道。再说，这是你们小辈送给长辈的新年礼物！”也眼见着毛坯房有了模样，刷完乳胶漆的墙面光滑而温馨，闪亮的吊灯像姑娘的眸子灵动而光彩，又软又富有弹性的沙发微笑着等待拥抱主人。

时钟嘀嗒嘀嗒，脚步逼近新年。我的承诺就要实现了。可是，好像还缺点什么呢？当时，我怎么说的来着？新年入住，拎包入住！既然是拎包入住，那就是说不能只装修却不顾及日常生活。陀螺小王直奔超市，油盐酱醋、锅碗瓢盆、牙刷牙膏、拖鞋毛巾、洗发水沐浴露，所有的生活用品，一网打尽。

那年的新年，像往年一样，如约而至。

公婆，在那年的 1 月 4 日入住新居，拎包入住。

我兑现了承诺，我心甚慰。

4

人生必修课

为人父母是一项事业，终生无法辞职，
却不是每个人都能坚持终生进修。

辩论无效只需执行

我和谭江海从大一时就牵手相伴，却一直在逃课——一节据说是人生的必修课。确切地说，是逃课的他非要拉上我做伴。想必您已猜到，这节课就是生娃养娃当爸当妈。两年前，我们终于还是补修了这门课。在这节课上，我称他为早早爸爸。

早早爸爸是个心大的人，大到除了吃饭、健身和旅行这三件事，其他事一概不在乎的地步。

早早爸爸经常挂在嘴上的一句话是“男吃女睡”。意思是男人吃不好、女人睡不好是要发脾气的。想想有道理,我参照自己的“闹觉”现象，非常认同他的观点。所以，“吃”一直是我们家的头等大事。因其一日三次的频繁程度，更是时刻提醒自己必须高度重视，不得松懈。好在在做饭这件事上我有“童子功”，后来又做了大量的厨艺节目，经常被世界各地的顶级大厨点拨，所以游刃有余。

那些年，他就像个大男孩儿，下了班背个健身包，在那些十几吨、几十吨的铁疙瘩上挥汗如雨后，一蹦一跳地回家，一边欢乐地嚼着口香糖一边哼起小曲儿。如果有事情挡住了“元气少男”之路，他就会怒从心头起，恶向胆边生，眉头紧皱，脸上的肌肉也僵硬起来。每每看到他这种表情，我就知道他该吃药了，药名就是“健身房”。

每年不定期的，到了某个时间点，假如他抓耳挠腮，坐立不安起来，那么就是该上另一种药了，药名叫“旅行”。

除去这三件事，其他都无所谓了。买房吗？随便。换车吗？随便。买股票吗？听你的——要不然别炒股了，咱俩都不懂。买点理财产品？可以啊。新家装修成什么样？都行啊。大事小情一概不走心。他的心房里就三件事，其余空间都留白，你说这心房面积得有多大？

就是这样一个人，曾经就一个问题与我彻夜长谈，彻夜啊——从月上中天到东方泛白，把我给困的！

总结起来，他整宿在阐述两篇论文：一、论不要孩子的必要性和重要性。二、论要孩子的不可控风险及危害。论点清晰，论据

有那么几年，谭江海觉得孩子就像无法搞定的猴子。谭江海对孩子“妖魔化”的描述让我也有些顾虑，在要小孩和不要小孩之间摇摆了好几年。

充分，论证严密，把我说得一愣一愣的。估计是那几年我把要小孩提上了议事日程让他很心慌，必是经过一番深思熟虑之后，准备将我一举拿下，断了念想，否则怎么会同时构思完成两篇论文且放出整宿不让我睡觉的大招？“男吃女睡”可是他的结论啊！

太具体的论据我选择性遗忘了，只记住几个令我印象特别深刻的。比如：养个孩子多大的责任啊？万一教育不好，学坏了，吸毒了，偷东西了，就跟谁谁家的孩子似的，到时候你是不是想死的心都有了？反正我不知道该怎么教育小孩儿……就算你运气好，他

（她）没学坏，长大了也得成家立业，还不是离你越来越远？你想想，你那么爱睡觉，有了孩子还怎么睡？每天早上六点就得起。我们台的谁谁每天早晨送孩子上学，光路上就得一个多小时，孩子小学刚上完，他头发全白了！累的！再说，弄个孩子，咱俩哪儿也去不了，不可能像现在这样，想去哪儿抬腿就走，好几年不出去玩儿你受得了？反正我是受不了。世界那么大，还有那么多地方没去呢。咱俩人儿过不是挺好的吗？你非弄个外人来干什么？

请注意，他定义孩子为“外人”。

1+1=2。三岁孩子都答得上的题目。可是，如果非要论证 1+1 为什么等于 2 可就难了。在绝大多数人看来顺理成章的事——结婚就该生子，现在被他这样拎出来质疑、反对，听起来似乎也不无道理：1+1 真的等于 2 吗？结婚就一定要生孩子吗？一群羊加另外一群羊并没有变成两群羊，还是一群啊。所以结婚就一定要生孩子吗？不一定吧？

好几个小时下来，被他谈得我一脑子糨糊。无论观点认同与否，未来走向如何，面对他如此重视的问题和如此诚恳的态度，我知道自己不可以显出不耐烦或强烈反对——当伴侣的情绪处于过饱和状态时，简单粗暴地对待是不行的，有些事，一味强攻也是不行的。

我不置可否地安抚他：“那就再放放，不急着下结论。”又试探地接着说，“你说得有道理，谁也没办法保证自己的孩子就一定健康聪明上进孝顺，这些得看咱们的教育和造化。不过，你想过没有，我们俩必定会有一个人先死。要是你先死了，剩下我一个孤老太太，无儿无女，朋友们自有人家的天伦之乐。我孑然一身，这世界上再无一个人从心底里真正地牵挂我、在乎我，即使他（她）不在我身边，远隔万里，或者我们教育失败，他（她）并不牵挂我在乎我，但至少我的心里也还有个念想，会觉得没有那么孤苦。可是如果没有呢？我死了都未必有人知道，也许硬了、臭了都没人知道没人在意。我觉得，这叫晚景凄凉，我有点承受不了。要是我先死了，你也一样，剩你一个垂暮的老头儿。我想临死前我会很不放心，难以瞑目。”可能是我密集的“死”字戳到了他，也可能是我所描述的场景戳到了他，他沉默了。片刻，他想出了解决方案，说：“我无所谓，你先死吧。”唉，这个人呀，为了不要孩子真是拼得没谁了。我躺下，翻了个身，说：“睡吧，天都亮了。”

那夜谈话之后，我深知在要孩子的革命道路上不能再搞“请客吃饭”那套绥靖怀柔政策了。我决定实行集中制——民主集中制，都是从民主到集中的，不是吗？“民主”了这么些年了，也该“集中”了。选了个他心情灿烂的当口儿，我通知他：“孩子必须得要！到时候借你用一下。就这么定了！”他盯了我一眼，看我大义凛然，然后嘿嘿一笑，说：“行，非要就要个女儿。”

他呀，每当我心意已决时就会顺着我。

他呀，就是这么一直宠着我，已成习惯。

他呀，现在全身每个细胞都充盈着对早早的无限关爱，心里不知道有多么感谢我当时的决定。

可是，从早早对爸爸忽冷忽热、令爸爸无比酸爽抓狂的态度上，我大胆推测：早早是知道在她出生前几年爸爸对小朋友的不友好。至于早早是如何知道的，我只能怀着幸灾乐祸的阴暗心理再次推断——天意。

只需把挂在嘴边的放在舌尖

怀孕期间，孕反强烈，生不如死。那两个多月，每天都在跟恶心打交道。除非睡着了，只要睁着眼就恶心，那种恶心很难用语言表达确切，就像是有一块大小适中的花岗岩密密实实地压在你的胸口和喉咙交界处，让你喘气都不自如，想吐又吐不出，有时候我想：堵死我了，要是能痛痛快快地人吐一场兴许就痛快了。凡事就不能念叨,这样想了没有几次,就迎来了传说中的“喷射性”呕吐。那是在洗澡的时候，估计是浴室门窗紧闭再加上大量的水蒸气让空间的含氧量变少了，在洗头发洗到一半的时候，我忽然感到一股热流以极快的速度涌上来,甚至都来不及做任何动作就“喷射”出来，眼前发黑。从那以后，我剪短了头发——实在没有精力、体力打理长发了。从那以后，我对有孕反的准妈妈们产生了敬意——这些生不如死的日子里，准妈妈们真不容易啊！

因为怀孕，我剪去了长发。

那两个多月里，一切的食物都已不是食物，而只是营养物质。吃它们并不会给我带来丝毫饮食的快乐，吃它们只是单纯性地为我和肚子里的小家伙提供能量，尤其是为她。直到有一天，一道西红柿菜肴横空出世！

早早爸爸绞尽脑汁，独立研发——西红柿去皮切丁，加一点橄榄油，加一点海盐，完成。听上去那么简单，简单到都不像是一道菜，可是，那一丝凉凉的、酸酸的、绒绒的味道，可以穿透压在胸口的大石头的缝隙，直达胃里，毫不费力地纾解胸口的压迫感，让我品尝到食物的美味，吃一口想两口，吃完一个再来一个。

吃着这专属的西红柿，我想起小时候。我有一个同学，她的爸爸妈妈离婚了，把她放在姥姥家养。姥姥是个小脚老太太，会狠狠地数落她，但也很爱她。放学后，我经常去她家写作业。夏天，姥姥会把一个熟透的西红柿剥了皮，在西红柿的顶部划上十字口，在十字口里塞上满满的白绵糖。大大红红的西红柿被姥姥坐在一个尺寸相当的小白瓷碗里，再把碗放在装着凉水的洗菜盆里镇着。镇多久没有问过，大约是算好了外孙女放学的时间，提前一两个小时的样子，既不能让盛夏的高温焐馊了西红柿，又得让白糖的甜与西红柿的酸恰到好处地融合。每次我看到糖腌西红柿的时候，白绵糖已经软塌塌的，变成了半透明的冻状，嵌在十字口里将溢不溢的样子真是让人垂涎欲滴。

我的同学在写作业前会拿个铝勺子吃了那个纯有机“冰激凌”。余光中，我看到她一小勺一小勺挖下去，半透明的糖冻、红色的果肉连同因白糖腌渍而被逼出的西红柿汁水同在一勺，被她一口闷。有时动作没有掌握好，勺子里的汁水顺着嘴角流下来，她会用手指在下巴上抹一把，舔干净。我是不好意思用正眼看的，只会用余光偷瞄。

低头奋笔之间，我默默地想象那个味道，并狠狠地羡慕——谁会为我做这样充满爱意的西红柿？这专属的美味？

那些盛夏的傍晚，那个假装毫不在乎，心里却艳羡无比的小女孩儿，在心里多么热烈地渴望也有家人为她制作充满爱意的菜肴，哪怕，只有一次……那个小女孩儿哪里想得到，长大后，在孕育着一个孩子时，自己仍可以被当作孩子来呵护。幸运如我，夫复何求。

这道极简西红柿陪伴我度过强烈孕反的日子，并深深地刻在我心里。

爱，复杂吗？假如可以把每天挂在嘴边的“我爱你”变成舌尖上品出的美味，把从心到心的跋涉变成从唇到舌的距离，爱，就已经完成了完美进阶。

养育不是恩惠

“不要给孩子童年的贫瘠，成年的窒息。”初读这句话，像触电一样浑身一震，也像遇到了知音，相见恨晚。说得真好，充满智慧。

“贫瘠”“窒息”，这两个词透出冰冷和暴力。本是不应该和孩子扯上干系的。然而，四下环顾，贫瘠的童年和窒息的成年并不鲜见。绝大多数，是父母集体无意识的无心而为，但无心而为并不能开脱什么，无心而为的“贫瘠”和“窒息”也是不应该施加于孩子的错误。

没有人可以超越时代，我们，也包括我们的父辈。我们的父辈结婚、生子、养育幼子的时代，充满了磨砂的粗粝感。那时候极少有人关注孩子的心理需求，那时候的主流价值观甚至连关注自己都不包含，提倡的是自我奉献甚至自我牺牲，提倡的是带病坚持工作，

当了母亲后，常怀忐忑，录节目练“等功”的时候，
也要看《我们配做父母吗》反思一下。

家里有人去世而自己奋战在工作一线没有见上亲人最后一面会被传为佳话，人们争相在工作中表现自己的奉献和牺牲精神，忽略家人成了“先进”的代名词，自然不可避免地，会忽略孩子。我们的父母很忙，无暇照顾我们，有的孩子被送到姥姥家奶奶家寄养，或是早早地就被送入单位的全托幼儿园，童年对父母的印象成为不连贯的画面，有的小孩子每次见到父母都需从克服陌生感开始。

那个磨砂的粗糙时代里极大的缺失是对孩子的心理建设。也许并非本意不想关心，而是全社会就没人提这个事，这是整个社会认识上的盲区。就算没有被寄养或全托，孩子在父母的眼里也是什么都不懂的小屁孩儿，就该无条件地听父母的话。除了对孩子吃饱穿暖的生活照顾之外，鲜见父母与孩子心对心地交谈和蹲下来以平视姿态与孩子进行沟通了解。等孩子长大点儿上学了，沟通交流变得更少更窄，最多的话题是学习成绩——别人家的谁怎么就那么好以及恨铁不成钢的神情和语气——打击孩子自尊、自信的利器。孩子从父母那里获得不了尊重、支持、倾听，日复一日，孩子的心扉砰地一关，也懒得跟父母说了。门外是父母，门里是孩子，谁也冲不进对方的心里，或者连冲进去的意愿都随着一关门而被震得粉碎。

也有很多父母结婚早，在还不清楚什么是做父母的责任、还不知道该如何去爱一个小生命的时候就已为人父母。初为父母的慌乱、工作爬坡期再加上认识的缺失，使一个个典型时代里的典型中式父母被塑造出来。

我们的父辈被时代裹挟着，被集体的无意识裹挟着，幼小的我们也位在其列。

童年的贫瘠，各有各的贫瘠。幼时离开父母的，与父母生疏，成年后可能仍然无法打破疏离的坚冰；家庭破裂的，假如父母的关系没有处理好，或者一方与孩子的关系没有理顺，孩子便在缺失一方的环境里成长，也许嘴上不说，心里的缺口始终难以弥合；家庭完整的，可惜父母太忙碌太粗线条，孩子半夜醒来四下无人漆黑一片，大声啼哭的无助，几十年后仍恍如昨日。那关于贫瘠的记忆里，有分离，有被忽视，有父母不耐烦地推开你的一瞬，有你急需父母支持、伸出手却扑了空的愕然……

有时，那些不美好的回忆是个黑点，多了，就成为一片面积，成了黑洞。当然，并不是说父母就不能有些闪失、有些错误、有些情绪，尤其是初为人父母时，人人都缺少经验，但是假如一直没有找到与孩子相处的正确路径，则很可能无意识地延续着错误的做法，经年累月。

很奇怪的，当孩子还小的时候，几乎感觉不到那些“贫瘠”，但随着年龄的增长、阅历的积累、独立思考能力的形成，那些记忆在成年的某个安静的午后或深夜飘上心头，挥之不去，且无法消解——“他们是我父母，我能怎么办？”多少人在心里无奈地说出这样的话，强迫自己按下不表，强迫自己遗忘。那些陈年的记忆成为一根斜插在喉咙深处的鱼刺，咽不下吐不出，成为不大动干戈就无法治愈的顽疾。

读到这里，你也许会说我危言耸听——我爸我妈就很好，我根本没有什么童年的贫瘠。那么我由衷地为你感到高兴。你真幸运，有那么好的一对父母，珍惜他们反哺他们孝敬他们吧，他们是你生命中弥足珍贵的礼物。很多人没有你这样好的造化。

日子一天天过去，孩子们长大了，爸爸妈妈们老了，从工作岗位上退下来，孩子的生活成了他们新的工作岗位。遗憾的是，有些父母仍然在心里认为你是个什么都不懂的小屁孩儿，在他们眼里你似乎永远都长不大，你也不需要有自己的主张和想法。“都听爸爸妈妈的！”带着这样的惯性思维，父母走进你的生活。有的父母会不打商量地给孩子做决定，小到留什么发型，大到娶什么姑娘嫁什么老公，大事小情父母真的操碎了心，可发现孩子并不买账，很多父母不理解、很委屈:“我们都是为他好，有什么错吗？”是的，错在那是他自己的生活，该由他自己做主。

有些父母生气了，在孩子的头顶悬上一把道德的利剑——孝。“老话说了,孝就是顺,顺就是孝。天下没有老家儿（方言，长辈，多指父母）的不是。你这么拧着就是不孝！你怎么那么长时间不回家看我们？忙到打个电话都没时间吗？一把屎一把尿把你拉扯大，我们容易吗？你怎么那么没良心？我怎么生了你这么个不孝之子……”本来是想亲近孩子,结果成了折磨,话说出来都是横着的，质问、指责、声讨，话赶话，在气头上甚至会说出“脱离父（母）、子（女）关系，我没有你这个孩子！”的狠话。

一声叹息！

一把屎一把尿把孩子拉扯大，当然是很不容易的。可是，养活孩子是父母最基本的责任和义务。要知道，当初是您选择了这孩子，不是这个孩子选择了您。反过来讲，假如您没有尽到基本义务是要承担法律责任的。况且，以这样的理由这样“横”着的表达方式是想唤起孩子的什么呢？反思？感恩？反哺？您的立足点和语气百分百不会有这个效果。除了反感，无他。

用质问、指责和声讨去“督促”孩子尽孝也并不会真正奏效。

我特别赞同人应该孝敬父母，我自己也是这样做的，百善孝为先。可是，那应该是从孩子的心底里生发出的真挚情感——他长大后步入社会知道了赚钱的不易，他结婚后知道了经营家庭的不易，他生子后知道了“不养儿不知父母恩”的道理，由此他想到了自己的父母，操劳一生，为自己付出那么多心血，想到了小时候你们在一起的快乐时光或是青春期自己对待父母的浑劲儿。懂得这些，即便孩子的心里有那么一点童年的灰色记忆，也许他自己都会释然，自我消解地将灰色抹去，他的心里有一股热流涌动，“我要好好孝敬我的爸爸妈妈，不负他们的养育之恩”是他在心里自然而然得出的结论，可是，假如您手心向上，去要去讨，即便迫于您的压力，孩子给了一些“孝敬”，也是打了折扣的。试想，这世上有哪一种真挚的情感是可以“要”来的？亲情友情爱情？一样没有！假如您总是高压逼“孝”，扣上道德的大帽子，孩子真的会感到窒息。

至于脱离关系的气话就是雪上的那层霜，除了让双方的关系更紧张更僵持，别无他效。

我有个建议，假如您的亲子关系没有您想象的那么其乐融融，那么不妨大家都反思一下，包括父母——反思是修为，是改善现状的第一步。您可以想想，在孩子的成长中您是否疏于对他的关心，让他失望以至于不想再跟您沟通？在孩子成人后您是否过多地介入他的生活，让孩子感到您试图掌控他的生活，您的控制欲让他以“惹不起躲得起”来应对？如果都没有，您可能就需要想想他的“不孝”是不是源于您的教育失败？父母教育引导孩子的有效期并不长，也就十四五年，在那些年里您给了他足够有效的引导吗？让他懂得做人的道理，还是说并无深层引导，什么事都无条件地依着他，让他误以为这个世界上他最重要，从而丧失了很多能力，比如关心别人的感受，感恩别人、爱别人的能力，换位思考的能力等等，假如真的是教育失败，那您可能要先学会接受，再去尝试改变。人人都要为自己的行为负责。

然后，也许可以找一个合适的机会，心平气和、真诚平等、毫不施压地和你亲爱的孩子聊聊，“孩子，是爸爸妈妈哪里做得不对吗？如果有，说出来，我们道歉。”我相信，生性善良的孩子在看到您真诚相待的态度，听到含义厚重的“道歉”二字的时候可能已经泪眼迷蒙。倾听一下您孩子的心里话，您可能会震惊。亲爱的父辈，请尝试倾听，尝试尊重，不下指令，尝试有话好好说，尝试把生活的决定权交还给孩子，毕竟，您一定不想让自己亲爱的宝贝感到窒息。

现在我做了母亲，对“爱心”“耐心”有了深刻而真切的理解。她尖叫的哭闹、不上餐椅的“死亡打挺”、试探你心理疆界的随时“大发雷霆”、不顺心时在冰冰凉地面上的“大马趴”，凡此种种都在挑战我的承受力。有时真想“逃跑”，跑到另一个房间关上门，跑到外面某个云淡风轻的角落躲个清净。但也只是想想而已。逃跑？逃到哪里能逃掉一个做父母的责任？

我开始看书，去书里寻找答案，解读她不同需求的哭，跟上她成长发育中不同阶段的敏感期到来的步伐；我开始接纳，接纳她一切的变化、一切的情绪；我开始引导，顺势而为温柔而坚定地引导；我不吝惜对她的鼓励和赞美，不吝惜给她亲密的拥抱和亲吻；我为她烹调“香香饭”，好让她记住妈妈的味道；我哄她入睡，告诉她梦里有爸爸有妈妈有早早，我们是相亲相爱的一家人，我们有一个温暖的家；我缩减了自己的工作量，用一切可能的时间陪伴她——做父母是一份事业，是一份终生都无法辞职的事业。

所有的付出，因心甘情愿而甘之如饴。我竭尽所能地学习，学习如何给她一个丰饶的童年，拒绝“贫瘠”。

我的理想状态是：童年时，我给早早亲密无间的陪伴，让她知道妈妈永远都在，即便有短时间的分离，但是妈妈的心在，让她踏实地充满安全感地成长。长大后，我适时地退出，远远地注视她，给她充足的空间去过她自己的生活——当然，这对我来说并不容易，但是我要求自己要做到。

作为妈妈，我始终都要在我早早的身边，只是，小时候我在她的眼前——让她始终能够看到我。长大了，我在她的身后——当她前行中不需要我时，她可以心无旁骛地向前冲；当她委屈了、乏力了，需要补给能量，需要妈妈的怀抱时，一回头，我就在那里，张开双臂就能一头扎进妈妈的怀里痛哭，等哭够了，继续往前走。

亲爱的孩子，能够成为父母子女，是我们之间一场深厚的缘分，让我们共同珍惜这缘分，用正确的方法珍爱彼此……

感知生命最初的触角

被一轮流感病毒击倒，鼻腔里似乎藏了一个大缸，里面装满了鼻涕。奇怪的是，明明刚刚清理干净，瞬间大缸内又被蓄满了。就这样，好几天都在擤鼻涕中度过，昏头涨脑。因为有过生病又隔离不力而传染早早的教训，这次我可长了记性。不舒服的第一天就去医院检查了血常规，结果是白细胞数值偏高，虽问题不大，但是面对婴儿仍需多加注意。所以，那几天，我远离早早，即使同处一室也戴着口罩。每次她神情兴奋、叽里骨碌地向我扑过来的时候，我都会下意识地向后退，几次之后，早早似乎觉察出什么，见到我就不扑了，神色中有些保留的样子。一个一岁七个月的小娃娃，有所保留？是的，信不信由你。

这样的情况持续到第四天，我的身体状况有所缓解，午饭后，我四天来第一次抱了她，开始她一如往常地嘻嘻笑笑，忽然间却没了声响，服服帖帖地趴在我的肩头，两只小胖手紧紧地搂着我的脖子，用一种软软的带着无数拐弯的难以形容的音调叫我："妈——妈——"那软软糯糯的声音，充满了思念也充满了嗔怪，潜台词分明是："妈妈，你怎么好几天也不抱抱我呀？！"

感冒这种病，以前我几乎毫不在意，即使传染了老公，似乎也没有什么大碍，正好，有难同当，一起扛呗。可是，有了早早之后，我分外讨厌感冒，它的传染性，它的七到十天的病程，都让我大为光火。如果传染给了早早，看到她难受、吃药，那种自责无以名状；不想传染就要隔离，那种想亲近而又不能的焦虑感同样令人抓狂。我时常想，也许，是我自己太脆弱。

若即若离的日子持续到第五天，我终于决定去哄早早睡觉。已经连续四五天没有哄她睡觉了，都是阿姨代劳，早早没有哭闹过，入睡都很顺利，我甚至有点担心她在我哄睡的时候找阿姨。关了灯，房顶的天花板上投射着"夏威夷夜空"——那是爸爸特意为早早买的。轻柔放松的夏威夷音乐声中，天花板上是夏威夷的繁星点点，间或地，会有彩虹划过，早早爱极了那夜空。我把那个绿色的夏威夷夜空播放器称为"星星机"，只要睡前一说"看星星机了"，她马上会乖巧地躺在她的专属位置上，念叨着："位记位记，莹莹机……"那学语期的含混、那迫不及待的样子，可爱至极。

她已经四五天都没有看心爱的"莹莹机"了。爸爸放好"莹

早早爸爸从一家之主变成了女儿奴。

莹机”，道过晚安亲过脸蛋后就出去了，卧室里只剩我和早早。她兴奋地从“位记”上坐起来，指指“莹莹”，打着滚儿，翻到我的身上，嘴里喊着妈妈妈妈。滚儿打得多了，不偏不倚滚回了她的“位记”，她躺在那里安静地看着我，用一只小手绕着我的脖子，把我往前拉。这个动作在我不生病的时候每天都有，因为我曾经告诉过她，我们每天晚上都要聊聊天，亲亲。这个动作就是表示可以亲亲了。可是不行啊，我并没有好利索，是不可以亲她的。我一边往后躲，一边解释：“早早，妈妈生病了，还没有好透，不能亲你的小嘴巴，等过两天补回来，好不好？”“嗯。”过了一小会儿，早早抓着我右手的两个手指，慢慢地往前拽，黑暗中，她的眼睛黑黑的亮亮的，眼神里好像有点犹豫又有点征询的意味，大概这一次妈妈终于没有向后缩而鼓励到了她，她把我的手指拉到嘴边，啧的一声，亲了一大口。

这一亲，亲出了我的泪。看来我必须承认自己的脆弱。这个孩子，想妈妈了，想与妈妈亲近而不得的几天后，她终于抓到了一个能亲近的机会。她那么懂事，听懂了妈妈的话，不亲嘴巴，那么，就是亲亲妈妈的手也好啊！

想到这些她可能有的心理活动，让我的心里翻动起来，一个小小的生命，看上去不谙世事，只知吃睡嬉笑，其实在心里早已有了许许多多细密的情感触角，那些小小的触角伸向最亲密的人——父母，那些小小的触角希望得到回应，哪怕是打了折扣的也好……

每个人在小时候都是这样的吧？如果爸爸妈妈给了正面而积极的回应，那么孩子就会获得宝贵的安全感；而假如没有呢？总是没有呢？

黑暗中，我的早早已安心睡去。黑暗中，多年前的一个小姑娘，似乎幽怨地看了我一眼。这一眼，足以令我涕泪滂沱……

浪漫感动不失底线

有些童话，细思极恐。

给早早讲睡前故事，讲到了《美人鱼》：

美人鱼是海里的公主，有疼爱她的爸爸妈妈和姐姐。一天，她游到海面，看到人间的王子，英俊高大，遂心生爱意，意欲与之相伴。但是她没有人类的双腿，鱼尾巴无法在陆地上行走。于是她找到海底的女巫求助，女巫说可以给她施展魔法将美丽的鱼尾变成人类的双腿，但撕裂的感觉会很疼。美人鱼说她不怕。女巫告诉她鱼尾变成了腿，她就再也回不了海底回不了家了，美人鱼说为了王子她可以接受。女巫说自己不能白白地帮助美人鱼，需要美人鱼用美妙的嗓音来换，为了心心念念的王子，美人鱼也答应了。女巫再次提醒她："你以后就变成哑巴了，你想好了？"美人鱼说她全都想好了。就这样，美人鱼喝下了女巫的药水，美丽的鱼尾分裂成两条腿，钻心的疼痛之后，她有了腿却没了声音。她被波浪推到沙滩上时，王子正在宫殿里举行舞会。人们发现了美人鱼——一个全身湿漉漉的不知来路的哑女。无法沟通，无法交流，王子怜悯地看了看沙滩上的姑娘转身走了。失望到绝望的美人鱼没有获得心目中的美好爱情，也没法再回到自己的海底宫殿，甚至连心里的忧伤苦楚都无法诉说。最后，美人鱼死了，化成了海上的泡沫。

确定吗？这是给小孩子看的童话故事？为什么我从中看到了惨烈，看到了浓厚的悲剧色彩，看到了那么多的不该传递给孩子的

早早的诞生彻底改变了早早爸爸，一向与少儿节目绝缘的他竟然接受了在节目里扮演葫芦娃的角色。

错误的价值观？

在海面上，小美人鱼只用一眼便“爱”上了人间的王子，并下定决心要跟他在一起。这是爱情吗？那一眼，充其量是好感；只一眼，就决定了随他而去，是盲目。一见钟情的事情也许存在，但绝对不会是省略了所有的了解。而且还有个硬伤，美人鱼仅靠海面上的一瞥便非要与王子相爱，这是何其幼稚而盲目的爱情观。现实生活中自然不会真的发生鱼和人谈恋爱的离奇事件，但现实生活中不同世界的人还少吗？三观不同的人都是不同世界的人。想到这里我一身冷汗——早早可不能这样，不能盲目地追求爱情。

再往下想。美人鱼王八吃秤砣——铁了心要去找王子。为此，她不惜伤害自己——让美丽的鱼尾巴分裂成两条腿，把好听的嗓音给了女巫，自己变成了哑巴。我必须要说，女孩子不是这样做的！连自己都不爱自己，你还指望谁来爱你呢？爱自己也包含爱惜自己的身体发肤。美人鱼的行为并不是爱情中女性的自我牺牲精神——她离爱情还远着呢，十万八千里都不止，人家王子可能都不知道还有人面鱼尾的物种。这完全是自我伤害，是自戕！

在自认为是爱情的感情纠葛中，哪怕是在真正的爱情中自我伤害都是大错特错的。伤害自己并不是证明忠诚的理由，伤害自己只能给自己带来更大的痛苦，给另一半带来负罪感或厌烦，很遗憾，这些都不是爱。想到这里我又是一身冷汗——早早可不能这样，你是那么一个可人的小人儿，要珍惜自己，要爱惜自己的身体。爸爸妈妈带你到这个世界，你也许会遭受风雨，但绝不包含自我伤害。

又想。小美人鱼原本有一个温暖的家——爸爸妈妈视她为掌上明珠，姐姐们对她呵护有加。自从她“中了邪”，非去找王子，她便注定和温暖的家渐行渐远。最终，再也回不去了，她没了鱼尾。我相信，王子转身离去之后，惆怅的小美人鱼独自坐在海边的时候，定会望洋兴叹，悔恨得肠子都青了。她盲目而决绝地自己切断了回家的路，再也不能让妈妈摸摸头，让爸爸亲亲脸颊，和姐姐说说悄悄话。想到这里，我必须在父母教育的保鲜期内——时间不多，也就十四五年——告诉早早，凡事都有底线，爱情也一样。爸爸妈妈不会对你的恋爱横加干涉，这是爸爸妈妈的承诺。

一个童话，讲得我心惊肉跳，一身身冷汗几乎要令我脱水。既然已经讲了，也已经想了，那就让我这个当妈妈的在早早身上发挥一下吧。

“早早，这个故事告诉我们，人不可以盲目地追求爱情，不然，会很惨的……”

“早早，这个故事告诉我们，不同世界的人是不可能在一起的，不然，会很惨的……”

“早早，这个故事告诉我们，小女生永远不可以为了一个臭小子丢下爸爸妈妈，希望这是你的底线，不然，会很惨的……”

“早早，这个故事告诉我们，女孩子要爱惜自己，爱惜自己的身体，不然，会很惨的……”

“早早，这个故事告诉我们，女孩子不可以太主动，要矜持一点点哟。喜欢一个人可以，不过不可以不计后果地追他，你要是真的喜欢他，可以想想办法让他追求你，而不是你傻傻追求他，不然，会很惨的……”

早早已沉沉睡去，我轻轻地吻了一下她温热的额头，心里说：“宝贝，我们不做美人鱼。”

时间胶囊

引　子

我和早早爸爸约定，每年在早早生日时，各自为她手写一封信，要手写而非打印。毫无疑问，我深爱我的小女儿，可是不可避免地，在她的成长过程中，我们会忘记很多的瞬间，而这些都是弥足珍贵的记忆。我不能保证在她的成长过程中永远都能顺着她的节奏和心思，也不能保证她不会误解我。所以我想尽我们的能力给她留下新鲜的、真实的且充满诚意的文字表达，为她留存每年的记忆结点。在她生日的时候，也给我们一个机会，静下心来对过去的一年进行梳理和回顾，甚至反思——成长不仅仅是孩子的事。这是一粒一粒的时间胶囊，也是一份一份生命的礼物。未来，这将会是一大沓信札，里面有可爱的瞬间、无忌的童言，成长的欢愉和烦恼。里面有爸爸妈妈的笔迹和温度，见字如面。等她长大了，也许十八岁的时候，也许结婚的时候，也许她要成为妈妈的时候，送给她……

写给一岁的早早

亲爱的早早：

有了你，妈妈如获至宝！是的，不是一般的宝，是“至”宝。

2014年4月22日11点13分，你出生在北京协和医院的手术室里。你的一声啼哭震落了妈妈的泪，也让妈妈放下了悬在喉咙的心——医生在术前谈到的那些可能出现的问题都没有出现，你哭声嘹亮，色泽红润，Apgar评分（新生儿评分）——满分！你是个争气的小家伙！！麻醉师跟我说：“体形儿不错，细长，就是有点瘦。”和着眼泪，妈妈笑了。瘦一点怕什么，我们会把你喂胖的！

早早，你是个来之不易的孩子。生下你的时候，还差两个月妈妈就41岁了。之前的几年，妈妈甚至以为自己已经生不了小孩了，是一只“不会下蛋的母鸡”（妈妈经常这样自嘲）。但是爸爸坚称妈妈“会下蛋”，不知是他有预感还是为了安慰妈妈。为了达成此生要有自己小孩的心愿，妈妈分别做了子宫肌瘤切除术、输卵管造影术、观察宫腔内环境的微创全麻手术，全面咨询了试管婴儿的培育步骤而最终放弃——因为妈妈始终觉得此生会有一个自然而然得来的小宝贝，后来又找到了京城名医郭老进行中医调理……

那段日子，无休止地吃药、检查、住院，妈妈横下一条心，要把失去的时间夺回来！皇天不负有心人啊，早早，2013 年 9 月 30 日，妈妈发现自己怀孕了！验孕棒上的两条杠是那么耀眼，甚至让妈妈不敢相信。你，在来找我的路上了！

早早，在这里妈妈想对你说，什么年龄做什么年龄该做的事，作为女人，生小孩要早一点，28 岁至 36 岁，如此，就应该不会遭受妈妈所经历的这一切了。这是妈妈真诚的建议。

妈妈写这封信的时候，是 2015 年 4 月 14 日，你的体重是 9.73kg，胖嘟嘟的，抱着你很压手。你有长长的浓密的睫毛，白嫩的皮肤、清澈的眼睛，长势喜人，人见人爱。而你从协和医院的 NICU（新生儿监护病房）出院那天，妈妈第一次抱着你的时候，你就像一片小树叶一样，轻飘飘的。

妈妈跟你说说你惊心动魄的出生经过吧。

2014 年 4 月 10 日，妈妈爸爸还有妈妈肚子里的你，一起去拍了一套大肚照，照片很美。那天，妈妈感到刺骨的疲劳，那种疲劳是整个孕期都没有的，强度是妈妈在孕前连续录像，赶路再录像的总和。拍完照我们跟小姨奶奶一家吃晚饭，当时妈妈心里想取消那顿晚餐，但因为一向不喜欢失约所以还是去了。那种尖锐的疲劳感伴随了妈妈一宿，第二天也未见缓解，终于在 2014 年 4 月 11 日晚上 9 点多爆发。妈妈坐在沙发上，突然感到一股热流涌出——羊水破了。起初妈妈并不确定那是破水，第一次怀孕至这个阶段，完全没有经验。后来打电话给协和医院妇产科的郁副主任，他估计是羊水早破。十几分钟后又有大量的水流出，如此，妈妈决定去医院，并一直待到你出生。

4 月 11 日之后，妈妈被医生要求绝对卧床，吃喝拉撒全在床上，不准下地，连坐也不可以，必须保持臀位高，头位低的姿势，偶尔可以动作极轻地翻一下身。所有这一切都是为了防止羊水过多地流出，如果羊水太少将会造成你的危险。

妈妈严格地遵医嘱，生怕有个闪失危及你的生命或健康，并且妈妈心里又产生了前几年未能如愿怀孕时的愧疚感——别的女人都可以轻而易举做到的事，为什么我不行？为什么我那么没用？但是妈妈心里还有个小人儿跟我说：“不要想那么多，船到桥头自然直，要相信自己可以挺得过去，要相信一切都会逢凶化吉！要相信相信的力量！”

那些天里，有两个人妈妈感念一生——爸爸和小姨奶奶。

爸爸不上班了，每天在病房守着妈妈，照顾妈妈吃饭、照顾妈妈如厕（那可是艰苦卓绝的大工程，尤其是大号）、给妈妈揉腿（防止产生栓塞）、听妈妈挑刺儿（妈妈情绪不稳定）。

早早，爸爸对妈妈非常好，尤其在那段日子，妈妈会终生铭记！

所以，你也要一辈子爱你的爸爸。最近，我发现你对爸爸的态度时有反复，要改！

另一个人就是你的小姨奶奶。她得知了妈妈的“惨状”，据说回去开了一个家庭会议，会议一致决定，现在是爸爸妈妈最需要帮助的时候，她要提供这种帮助。于是，那些天她不去合唱团唱歌了，也不照顾自己家了，每天背着现熬的小米粥和各种吃食，坐地铁来协和医院替你爸爸，好让爸爸休息一会儿。她会为妈妈按摩、照顾吃饭，甚至为妈妈端小便洗便盆。孩子，你要记住，小姨奶奶及其一家，是妈妈一辈子感念的人，你长大了也要孝敬她、照顾她。人要知道感恩，在我们一家三口需要帮助的时候人家伸出援手，这便是“恩”。

本来，妈妈的想法是，能躺多少天就躺多少天，如果能躺满一个月那你也就足月了，这是妈妈的如意算盘。可是，就在十天之后，就在妈妈已经开始兴高采烈地保胎的时候，医生来了。主管妈妈的戚大夫进门就问：“家属呢？”那天你爸爸去台里办事了。戚大夫沉吟片刻说：“他回来让他找我一趟。”听闻此言，妈妈全身一紧，怎么了？有什么问题不能直接对我说？戚大夫又一沉吟，说：“以你的受教育程度，我相信你能理解，我就跟你说吧。”妈妈当时已经僵住了，感到大事不妙。

简短地说吧，妈妈的化验结果令医生担忧，感染可能已经产生，而大面积感染对胎儿来说可能是致命的。这是一道选择题：A. 让你继续待在妈妈肚子里；B. 让你立刻出生。选 A 还是选 B 唯一的标准是，哪一种选择更有利于你的健康。

躺到你足月已是一个无法实现的梦想，医生严峻的神态和语气让妈妈无所适从。儿科的医生也来了，讲了一大堆医学术语和对你健康情况的猜测——无自主呼吸、缺氧、大面积感染，由此可能带来脑瘫甚至死亡，等等，妈妈被击垮了，眼泪奔涌而出……

第二天，2014 年 4 月 22 日，早上九点多，一直为妈妈做孕期检查的边教授从手术室直接来到妈妈病房，问:“王小骞，怎么办？决定了吗？”我说：“这超出了我的知识范围，您决定吧。”“好，那就尽快手术。”不到半个小时，妈妈就被推进了手术室。

2014 年 4 月 22 日，上午 11 点 13 分，早早，你早早地，终于，降生了。哭声响亮——有自主呼吸；色泽红润——不缺氧；肌张力良好，一切都很好，满分！！

孩子，你真争气！

同时，你完美的健康状况也救赎了妈妈，妈妈是笑着被推出手术室的，眼角是还未干透的喜悦泪珠。

这一年，惊心动魄，喜忧参半，逢凶化吉，否极泰来；现在的你，健康可爱漂亮，每过几天就是一个新样子，就会自创一些新的小把戏，逗得大家哈哈大笑。

这一年，有太多太多的话要跟你说，我想还是不要太心急，留到以后慢慢说吧，反正每年都要给你手写一封信。也许明年可以告诉你，在你还只有蚕豆大的时候是如何“折磨”妈妈的，妈妈孕期最爱的两道菜，哺乳期妈妈的作息，还有妈妈是如何从一个惶恐的新手妈妈成长为一个称职的妈妈的，等等。

我亲爱的宝贝，你一岁了，接下来的时间，你要好好的啊……

爱你的妈妈

2015.4.14

写给两岁的早早

亲爱的早早：

你快两岁了，按照爸爸妈妈的约定，又该给你手写生日信了。爸爸今年特别忙特别累，他已出差一个月有余，还将继续出差。不过，放心宝贝，爸爸不会失约，他会在出差的旅途中给你写两岁生日信。

这一年，你的成长令妈妈眼花缭乱。你会走了，会跑了，会说话了，你长高了，更结实了，也更漂亮了。与你相比，戒指项链手表统统黯然无光，你才是妈妈最好的“装饰品”。有时候，妈妈会给你穿戴整齐，自己也穿戴整齐，带着你出去，路人的回头率令妈妈心里好生得意。有时，会有人情不自禁地赞美你：“你看那个宝宝，像个洋娃娃似的，真可爱。”有时，还会有人跑过来给你拍照，妈妈每次都会礼貌地制止他们，但心里那叫一个美！妈妈呀，就是一个病入膏肓的妈痴症患者。

不过，这一年也并不都是轻松愉快，就跟你说说发生在你身上的几次意外吧。总共四次。孩子，对不起。

2015 年 5 月 1 日，你刚满一岁没几天，第一次意外发生了。那天临近中午的时候，妈妈上楼去卫生间。爸爸和小姨奶奶在你的房间陪你荡秋千。那段时间你特别喜欢荡秋千，秋千一荡起来你就会咯咯咯地笑，所以爸爸就买了一个秋千给宝贝女儿，让你想什么时候荡就什么时候荡。那天你坐在秋千上，爸爸和小姨奶奶在说话。就在爸爸转过脸去看小姨奶奶的几秒钟里，富有活力的你突然决定不荡了，要从秋千的座位上站起来。可是秋千的座位是悬空的软连接，刚刚一岁的你是不可能在这种位置上找到平衡的，咕咚一声，你从秋千上跌落下来，脸冲地面。过了几秒钟，你放声大哭，血从你的嘴里流出来。爸爸急忙去抱你，把你抱到楼上卫生间。妈妈被眼前的景象吓坏了。你嘴里流出的血蹭到了爸爸身上，你们俩的胸前全是血。你已经不哭了，但是下嘴唇已经因之前的剧烈碰撞而发紫，开始肿。受了惊吓，也哭累了，你很快就睡了。趁你睡着了，我扒开你的嘴认真查看，发现上唇内侧与牙床连接的地方撕裂了。我痛彻心扉！

我们火速抱你去医院，在路上我上网查了，那个部位叫唇系带。

北京儿童医院口腔科的急诊室里，你哭得地动山摇——你是个特别讨厌陌生人碰你的孩子。可是医生要确诊就必须碰你，还要掰开你的嘴巴。我和爸爸狠心固定住你。确诊：唇系带撕裂。医嘱：缝合！

那一刻，妈妈和爸爸崩溃了，妈妈哭得泪人一般。“我为什么要去卫生间？我为什么要离开那十分钟？”妈妈在心里反复自责。爸爸更是自责，他哭着抱着你反复道歉：“早早，爸爸对不起你，让你这么小就缝针，就受罪，爸爸对不起你。”缝的时候，医生不让我和爸爸在诊室里待着，可能是怕我们失控的情绪影响他们的操作，也可能怕“惨烈”的场景刺激到我们。给你穿完“束缚衣”之后我们被医护人员请了出去。你小小的身体被宽宽的纱布层层紧裹，为的是制动，你尖厉的哭声刺痛着我和爸爸的心，趴在桌子上，妈妈放声大哭。

几分钟后，缝完了。爸爸进诊室把你抱出来，你不哭了，瞪着大眼睛喊“妈妈”，妈妈紧紧地抱住你。做妈妈以来，我第一次感受到强烈的挫败感！

医生说，没什么事，回家后每天往创面上喷点促进黏膜组织生长的药就可以了。愈后不会影响唇系带的功能，也不会影响外观。万幸，不幸中的万幸。

经过了这次强刺激，妈妈开始对你进行安全教育：荡秋千的时候两只小手要抓住绳子，不能站，记住了吗？你特别聪明，一一照做。真的是爸爸妈妈的失职，之前就该告诉你的，我们低估了一岁孩子的理解力，追悔莫及。

第二次，匪夷所思。

2015 年夏天的一个午后，我和爸爸哄你睡午觉。不知为什么，那天你特别兴奋，一个劲儿地在床上练习走路——那段时间走路是你最大的爱好，可能刚刚会走让你倍感新奇吧。

为了防止你从床上掉下来，我们早早地就装上了床护栏；为以防万一，在床四周的地面上也全铺了厚厚的攀爬垫。

哄觉，一个多小时过去了，你完全没有睡意，手扶着护栏走了一圈又一圈。爸爸和妈妈快熬不住了，开始打起盹来。爸爸已经睡过去了，妈妈的眼皮也开始发粘。就在妈妈的眼睛半睁半闭之际，我看到你从床头的位置跌跌撞撞扑向床尾，手也撒开了床侧面的护栏，那几步像是在跑，然后你的两只小手抓住床尾护栏最高处，一个前空翻，扑通一声跌落下去。这一连串的动作流畅而迅速，什么叫作迅雷不及掩耳之势？这就是了。来不及阻止，来不及反应。我一骨碌坐起来，你在床底下也大哭起来。我心想：完了完了！妈妈脑子里嗖嗖闪过的是颈椎折断和高位截瘫两个词。爸爸也完全被吓醒了。我第一时间把你抱起来，轻手轻脚的，生怕造成二次伤害。你已经不哭了，还笑。我拿玩具来吸引你的视线，你左转头，右转头，没问题；把你放在地上让你走两步，也没问题；问了几个你平时知道的问题，你也用平素的方式回答了，而且没有呕吐、嗜睡现象，活力一如往常。一块石头总算落了地。幸亏啊幸亏，幸亏床四周的地面上铺了厚实的攀爬垫！我的孩儿啊，没事儿你练什么前空翻啊？还带助跑？

另外两次是你的阿姨造成的。早早，你还记得王姐吗？你应该已经不记得了。她最初对你很好，你也很喜欢她。但是她的家里发生了些事情，让她分了心，没有看护好你。48小时里她让你接连摔了两次。一次摔掉了你右边门牙的一个角，一次摔破了嘴唇，她甚至不知道你究竟是磕在了桌子腿上还是地上。妈妈不得不辞退了她，妈妈怕，怕接下来如果还让她带你会出什么大事。妈妈看得出你不想让她走，但是没办法，你的安全最重要。不要记恨妈妈，好吗？

几次意外让妈妈痛定思痛。以前妈妈不知道养一个孩子会如此惊心动魄。跟你详述这些意外也是想让妈妈自己警钟长鸣，要时刻保证你的安全，要建立防患意识，预见意识，不能等意外发生了再痛苦再追悔。这是妈妈对自己提出的要求。

早早，一个孩子的成长难免会磕磕碰碰，这是正常的，但并不因其正常妈妈爸爸就推卸责任。亲爱的孩子，妈妈爸爸要为这一年里你遭受的几次意外向你道歉！爸爸妈妈陪伴你成长，你也陪伴作为父母还并不那么成熟的爸爸妈妈的成长，好吗？以后，我们不敢保证就一定不会有磕磕碰碰，但是，我们可以保证爸爸妈妈会尽最大的努力让你尽量远离意外的伤害。

难过的说完了，说点高兴的吧。

这一年里你的成长突飞猛进、日新月异。自打开始说话（一岁七个月很清楚地流利地说话），你就时时逗得大家开怀大笑。妈妈从近一年来的微信里摘抄些“早早语录”吧。

2015.11.14

早早拿我的手机玩儿，我说：“这是妈妈的手机，还给妈妈。”还完，她进入复读机模式：“妈妈的，妈妈的……”然后，进入省略模式：“妈的，妈的……”

2015.11.29

这个呆萌的小家伙已经开始完整地表达意思了。今天家里的暖气特别热，早早一刻不停地动啊动，搞出一头汗。她边走边用手抓她的右屁股蛋，我说：“早早，怎么了？”她停下，呆呆地看着我说：“痒痒。”往前跨了两步，又说：“挠挠。”嘿呦喂，有马三立的风采啊。

2015.12.3

她连续说：“妈妈爱你。我爱你。我爱你，妈妈。”一口气连续说的。我的薄脆起酥小心脏啊！这感觉，崭崭新的！不要形容，无法形容……

2015.12.10

说话的能力在光速飞跑。我随口问：“香蕉是什么味的？”

早早答："妈妈味道的。"有文采！

2016.1.1

今天就是不睡午觉，哄了一个多小时未果，又吃了牛油果仍然未果。眼见她困意袭来，眼皮发粘，我问："困了？"她否认："不棍。""想睡觉吗？""不想废觉。""不想睡觉？那你晚上怎么办？"她淡定地回答我说："打针！"好汉啊，宁可打针也不睡午觉。

2016.1.11

妈妈出差，爸爸陪娃，关系破裂。事情是这样的——早早说："消消嘟。"爸爸眨巴眨巴眼睛，破译了，说："消消毒？好好好，过会儿消毒。"早早皱眉："消消嘟！消消嘟！"爸爸很有耐心："好滴好滴，一会儿就消毒。"早早崩溃，大哭起来，边哭边喊："消消嘟啊……"幸好阿姨出现，破译成功："小小猪，早早要听儿歌《小小猪》。"就这样，早早不理爸爸了。

2016.1.26

早早忽闪着长睫毛大眼睛对我说："谢谢妈妈的爱。"哇哦，瞬间，针灸般通电般，各种暖流嗖嗖嗖通便全身，一股儿暖过一股儿，一阵儿强过一阵儿。镇静一下，我赶紧说："不客气。"早早接话："不说不客气。"就是就是，母女连心，何必那么多客套话？继续深入探讨，我问："不说不客气，那说什么呢？"早早放下手里七七八八的玩具，大声喊道："爸爸帅！”我的儿啊，这是什么逻辑关系啊？你跟我整魔幻现实主义还是意识流啊？

2016.2.23

我琢磨着，以后不用为早早的作文发愁了。大概是耳朵有点痒，她用手指抓，我问：“怎么了？”她答：“有玻璃渣渣。”在餐椅上坐烦了，她扭啊扭的，边扭边说：“疼。”我问：“哪儿疼？”“屁股疼。”“屁股疼？怎么了？”她答：“有辣椒！”她的文风犀利，尤其擅长用夸张的修辞手法。

2016.3.19

电梯上偶遇一个三十几岁的叔叔，他拖着行李箱提着购物袋，下电梯时手忙脚乱，掉了购物袋、倒了行李箱，一岁十个月的早早语重心长：“慢点——慢点——”。叔叔尴尬回应：“哦，哦，小朋友，我知道我知道。”憋了个大红脸。早早呀，你这个孩子是有多操心，多爱管闲事儿啊？

2016.3.29

小宝宝都吃手，早早小时候我没有阻止过——这是成长的必经之路。现在她快两岁了，我开始干预且成果明显。刚才，哄睡时，她又把手指放在嘴里，我问：“你想吃手？”她把手指拿出来，说：“特矛盾。”我说：“什么特矛盾？”她说：“吃手，特矛盾。有点不乖。”我说：“小宝宝吃手，没关系的。

大宝宝就别吃了。你是大宝宝还是小宝宝？”她答：“小宝宝。”我被噎住了。想了想，我说：“你是从小宝宝到大宝宝的过渡期，如果特别想吃就吃一小下，妈妈理解。”早早重复：“有点矛盾！”翻身睡去。如果不是自己亲身经历，我可能不会相信和一个一岁多的孩子会有如此对话。

2016.4.14

早早在看绘本，抬头跟我说：“妈妈，早早长得像烤鸭！”什么？什么什么？怎么可能？！你白白嫩嫩，大眼睛长睫毛，怎么可能像烤鸭？我低头去看绘本，原来是考拉。

早早，谢谢你，谢谢你给爸爸妈妈带来了那么多快乐，你真的就是爸爸妈妈的“逮逮小天使”。记得吗？学语的最初，你说不清楚“早早”，你努力地发音，把自己的名字叫成了“逮逮”。从那时起，妈妈会叫你逮逮小天使，现在，你也经常自称逮逮小天使。好可爱啊。

这一年里，带你度了两次假。一次是跟爸爸妈妈春节去普吉岛，另一次是跟妈妈和阿姨去青岛。时隔几个月，你仍然清楚地记得并能清晰地说出我们住过的酒店——“Meridian、悦榕庄、香格里拉”，仍然能记得并说出“热热闹闹的年夜饭，放鞭炮，嘭——啪——舞狮子，还喷火，玩杂技……”“拣贝壳，抓小螃蟹，大象慢吞吞的，小猴子转椰子……”“青岛栈桥留念，喂海鸥，没喂够，海鸥好聪明……”“女的都成小和尚了”（在青岛八大关你看到很多拍婚纱照的新娘，你认为穿着露肩礼服的新娘很像小和尚）。在青岛，你说“地球自转，公转”，着实把大舅舅惊到了——“不到两岁你就知道地球公转和自转？”只是因为妈妈无意地提起过你就记住了。旅行之后，太多太多的惊喜！关于度假，妈妈想对你说，爸爸妈妈带你度假真的很累，可是相比度假给你带来的大踏步成长，我们的那些辛苦真的不算什么。今年，爸爸妈妈还要带你去度假，世界那么大，爸爸妈妈要带你去看。你已经开始期待了，期待欧洲的城堡和大湖，我们去！

这一年里，妈妈开始用柔和的方式给你立一些规矩。比如：不要浪费粮食，食物是用来吃的，不是用来玩儿的；不要动别人的钱包，不要动别人的手提包，谁的也不行——包括爸爸妈妈的；到别人家不要去动人家的东西，不要去开人家的抽屉和柜门；不要在公共场合大喊大叫；不要去揪公共绿地的树叶和花朵；垃圾扔进垃圾箱；别人帮助了你要说“谢谢”；做了错事要认错，对人说“对不起”；等等。总的来说，你做得很好，基本已形成了好习惯。唯独在说对不起这件事上小有纠结，时常拖拖拉拉环顾左右而言他，不肯痛快地说出口，不过没关系，妈妈有耐心，我们慢慢来，妈妈相信你会成为一个有教养的孩子。

这一年来，你的心思缜密起来，脾气大起来，自我意识强起来，“Terrible Two”（可怕的两岁）提早到来。妈妈会多看书，了解你这么大的孩子的特点，也会多关注你这个小小个体的特点，我们一起成长。你现在每天都会对我说：“妈妈抱抱早早，妈妈拉拉手。”

好的，孩子，让我们相拥着，拉着手一起成长，在成为好妈妈的路上，在成为好宝宝的路上，我们一起。

这一年里，我时常问你：“爸爸、妈妈和早早，我们是……”你会清楚地回答：“相亲相爱的一家人。”未来，让我们继续一如既往地，相亲相爱下去。

早早，我的宝贝，我的至爱，妈妈祝你两周岁生日快乐！

爱你的妈妈

2016.4.16

图书在版编目（CIP）数据

独木桥自横 / 王小骞著 .-- 武汉：长江文艺出版社，2016.8

ISBN 978-7-5354-8904-3

I. ①独… II. ①王… III. ①随笔—作品集—中国—当代 IV. ① I267.1

中国版本图书馆 CIP 数据核字 (2016) 第 142821 号

独木桥自横

王小骞　著

选题产品策划生产机构 | 北京长江新世纪文化传媒有限公司
选题策划 | 金丽红　黎　波　安波舜
责任编辑 | 张　维　　装帧设计 | 郭　璐　　媒体运营 | 刘　峥
助理编辑 | 杨　硕　　内文排版 | 张景莹　　责任印制 | 张志杰
总 发 行 | 北京长江新世纪文化传媒有限公司
电　　话 | 010-58678881　　传　　真 | 010-58677346
地　　址 | 北京市朝阳区曙光西里甲 6 号时间国际大厦 A 座 1905 室　　邮　　编 | 100028

出　　版 | 长江出版传媒 | 长江文艺出版社
地　　址 | 湖北省武汉市雄楚大街 268 号湖北出版文化城 B 座 9-11 楼　　邮　　编 | 430070
印　　刷 | 三河市百盛印装有限公司
开　　本 | 710 毫米 ×1000 毫米　1/16　　印　　张 | 12.5
版　　次 | 2016 年 08 月第 1 版　　印　　次 | 2016 年 08 月第 1 次印刷
字　　数 | 131 千字　　插　　图 | 46 幅
定　　价 | 39.80 元